35
ANOS

FAROESTES

MARÇAL AQUINO

Faroestes

Copyright © 2022 by Marçal Aquino

Grafia atualizada segundo o Acordo Ortográfico da Língua Portuguesa de 1990, que entrou em vigor no Brasil em 2009.

Capa
Alceu Chiesorin Nunes

Imagem de capa
Bilhar (2022), de Marcelo Tolentino. Acrílica sobre papel, 20 × 29,7 cm

Preparação
Willian Vieira

Revisão
Ana Maria Barbosa
Julian F. Guimarães

Os personagens e as situações desta obra são reais apenas no universo da ficção; não se referem a pessoas e fatos concretos, e não emitem opinião sobre eles.

Dados Internacionais de Catalogação na Publicação (CIP)
(Câmara Brasileira do Livro, SP, Brasil)

Aquino, Marçal
    Faroestes / Marçal Aquino. — 1ª ed. — São Paulo : Companhia das Letras, 2022.

    ISBN 978-65-5921-202-6

    1. Contos brasileiros I. Título.

22-102658   CDD-B869.3

Índice para catálogo sistemático:
1. Contos : Literatura brasileira B869.3

Eliete Marques da Silva – Bibliotecária – CRB-8/9380

[2022]
Todos os direitos desta edição reservados à
EDITORA SCHWARCZ S.A.
Rua Bandeira Paulista, 702, cj. 32
04532-002 — São Paulo — SP
Telefone: (11) 3707-3500
www.companhiadasletras.com.br
www.blogdacompanhia.com.br
facebook.com/companhiadasletras
instagram.com/companhiadasletras
twitter.com/cialetras

Prosa de confronto

Trincheira, 9
Dez maneiras infalíveis de arranjar um inimigo
(para facilitar o trabalho do legista), 13
Homens mortos, 31
Balaio, 43
Piercing, 53
Gambés, 59
Gente áspera, 83
Clinch, 93
Na serra, fora dela, 111
Ferrugem, 121
Fábula, 129

Dez maneiras infalíveis de arranjar um leitor
(*para facilitar o trabalho da crítica*)
Paulo Roberto Pires, 137

Cave um buraco perto de um inimigo.
Jerome Rothenberg,
Eventos do cachorro louco

TRINCHEIRA

Quando eu estava saindo, a madrinha disse: Leva um recado pra ele. Diga que eu mandei falar que ele é um filho da puta nojento.

Atravessei o terreiro, as galinhas pararam de ciscar pra me olhar, e cheguei ao paiol. O padrinho cutucava uma ferida na canela, deitado no monte de palha.

Desamarrou o pano, destampou a marmita, cheirou a comida. Pensa que eu sou bobo?, falou. Essa velha quer é me envenenar. Mandou algum recado?

Eu respondi olhando para a espingarda apoiada na parede.

Estive na guerra, ele resmungou, agora vou ter medo de uma velha caduca?

Lembrou como ele e um companheiro cercaram um inimigo uma vez. Coçou a ferida e sorriu: Enchemos ele de bala.

Pescou um torresmo na marmita e mastigou, distraído.

Uma mosca atravessou o feixe de luz sujo de pó que entrava pelo vão das ripas.

Teu pai deu notícia?, perguntou, o segundo torresmo entre os dedos a caminho da boca.

Balancei a cabeça.

O padrinho mastigou devagar: Aposto que ela vai dizer que ele não tem um pingo de juízo. Que nem eu.

A madrinha tinha falado isso mesmo.

A namorada do teu pai apareceu?

Não vi, eu disse, passei o dia na horta.

O padrinho pegou a colher, penteou o arroz na marmita. Disse: Tua mãe era mais bonita. Ora, se era.

Eu me levantei segurando uma espiga pequena, seca.

Quando você vier outra vez, lembra de trazer cachaça, o padrinho pediu. Mas não deixa a velha ver. E eu preciso de uma blusa e de uma camisa limpa também. Pede pra ela.

Cruzei o terreiro de volta, estava anoitecendo. Um bezerro apartado da mãe mugiu lá para os lados do curral.

Coloquei a marmita vazia sobre a mesa da cozinha. E ia beber água quando vi a madrinha encostada na porta.

Ele mandou falar alguma coisa?

Não. Só disse que hoje vai fazer frio.

A madrinha espiou a noite pela janela. Um breu.

Vai, sim. Se Deus quiser, vai fazer muito frio, disse.

DEZ MANEIRAS INFALÍVEIS
DE ARRANJAR UM INIMIGO
(PARA FACILITAR O TRABALHO DO LEGISTA)

1. Você passa a prestar muita atenção na mulher que veio morar na casa amarela da vila. Morenos, ela e o marido, ele um pouco mais escuro. Você sabe que ele trabalha à noite, no pesado. Já escutou, no bar, neguinho dizendo que homem que tem trabalho noturno não dá conta do recado em casa. Então você olha com mais capricho toda vez que a mulher passa em frente à oficina: a caminho da padaria ou do mercadinho de verduras ou, de banho tomado, à tarde, na direção do ponto de ônibus para o centro. Até que um dia ela olha de volta, curiosa. Você cumprimenta, fingindo respeito. Bem nesse dia ela veste uma calça vermelha, justa. Infernal. Na próxima vez, você já sabe: deve sorrir na hora do cumprimento. O marido trabalha à noite, não dá conta do recado. Pelo menos é o que você pensa. Até descobrir que não é bem assim. Mas aí será um pouco tarde. Como é que você ia adivinhar que o cara é da PM se não fosse a mulher contar, rindo, na cama?

2. Você começa a cultivar o péssimo hábito de assobiar dentro de casa. O traficante que manda no pedaço odeia assobios. O filho dele, o mais velho, tem o lábio defeituoso. Já nasceu assim. Há uns três anos tentou até uma operação no estrangeiro. Não deu certo, não tem conserto. Então é justo que o pai não goste de assobiadores. E todo mundo respeita. Daí chega o dia em que você esquece e assobia enquanto anda pelas ruas. Não porque esteja feliz — você vive num lugar em que as pessoas, mesmo quando estão alegres, evitam sorrir, para que ninguém desconfie. Você assobia por acaso, quase sem perceber. Já acordou com aquela maldita música na cabeça, martelando, na manhã daquele dia. Que tem tudo para ser o seu último dia.

3. Você repara como é pernuda a repórter da TV que veio filmar o boteco onde aconteceu a chacina na sexta-feira. De minissaia, uma beleza. Ela começa a fazer perguntas, todo mundo se encolhe. Surdos e mudos. Então você se aproxima, como quem não quer nada além de ver de perto as manchas de sangue no chão, os buracos de bala nas paredes e no balcão. E, é claro, aquele belo par de pernas. Na hora em que surge a oportunidade, você diz a ela que topa contar o que sabe. Desde que seja longe dali e com duas condições: você só aparecerá de costas e terão de mudar sua voz quando a entrevista passar na televisão. Naquela noite, com a família e amigos na sala, é a primeira vez que você vê alguém impaciente com o capítulo da novela. Você se sente meio artista, ganha até um tapinha nas costas. Começa a reportagem, a repórter surge na tela,

microfone em punho — e você comenta que ela é mais bonita pessoalmente. Sua voz, alterada, ficou parecida com a de um personagem de desenho animado, você não lembra qual. Todos se divertem na sala. Menos você, porque acabou de notar que aparece vestindo sua velha jaqueta, que tem nas costas uns desenhos coloridos e manjados. A entrevista dura uma eternidade, mas você já não presta atenção. Está pensando que nunca mais vai usar aquela jaqueta. Gosta muito dela. Seria um pecado ela ficar cheia de furos.

4. Você faz hora no bar, como todo final de noite, jogando bilhar com amigos no salão dos fundos, quando entra o trio. Mal-encarados, não é gente do bairro. Dois são brancos e o negro é baixinho, dentuço, forte. Por um instante, você tem a clara sensação de que vão assaltar o bar. E se arrepende de não ter ido embora antes, vai acordar cedo no dia seguinte. Mas os três vêm até o salão, comandam cervejas, convidam para um jogo, é preciso mais um para completar as duplas. Seus amigos recusam, alegam estar de saída. Um até boceja e se espreguiça para provar que está cansado. Talvez porque goste de bilhar, e aquela seja uma boa chance de levantar um dinheiro numa noite fraca, ou talvez porque ainda esteja atordoado pela ideia do assalto, você aceita. Escolhem as duplas: você joga contra o negro — um ladrão de bancos, é a dica cochichada em seu ouvido por um dos amigos, no exato momento em que você está pegando seu taco. O jogo vai bem, o dinheiro começa a se acumular do seu lado. O

negro é aventureiro, não tem habilidade nem sorte. Mas perde rindo, bebe cerveja satisfeito. Só seus amigos, que acompanham as partidas de braços cruzados, não parecem felizes. Duas horas depois, se pudesse ir para casa como gostaria, você iria se lembrar daquilo como uma grande noite. Mas o negro quer revanche, pede uma chance para recuperar o prejuízo. É de lei, até a impaciência do dono do bar sabe disso. Seus amigos se despedem, saem um a um. Perdem a chance de vê-lo em sua noite de maior brilho dos últimos tempos. Quase tudo continua igual: a sorte do seu lado, você jogando bem e recolhendo o dinheiro. A única diferença é que agora o negro se irrita com as derrotas. Chega a atirar o taco no chão depois de errar uma jogada fácil. O dono do bar levanta a cabeça, olha, depois volta a cochilar debruçado no balcão. É de lei: quebrou, pagou. Os dois companheiros do negro interrompem uma partida e vêm para junto da mesa em que vocês jogam. Fazem piadas. A irritação de seu adversário aumenta, o que serve para piorar ainda mais seu jogo. Ele fala que só sai dali quando recuperar o que perdeu. Você diz: Tudo bem. Mas não vê a hora de cair fora. Seu corpo inteiro dói. Você já não sabe há quantas horas estão jogando. O negro propõe um aumento nas apostas e você concorda no ato, enxergando nisso sua única saída. E passa a facilitar o jogo, largando bolas na entrada das caçapas. Mas o negro continua errando, está numa noite péssima. Em desespero, você decide matar suas próprias bolas, porém não consegue. E, acidentalmente, ainda executa jogadas perfeitas. É sua grande noite. O negro repete que o jogo não acaba enquanto ele não recuperar seu prejuízo. Diz que está com muito dinheiro e que, se necessário, os amigos emprestam mais. Você calcula que eles devem ter acabado de assaltar algum banco. Os amigos do negro continuam com as piadas. Ele não ri, embora seus dentes estejam visíveis o tempo todo, dando-lhe um aspecto sinistro. Você está cansado, muito cansado. O negro erra outra vez. Você encaçapa mais uma. É sua grande noite.

5. Você está numa casa doente. Conhece bem esse tipo de casa, já viveu numa — especialmente depois que sua mãe morreu. Do banheiro, você ouve as vozes vindas da sala. As palavras são duras e mesmo as gargalhadas soam ásperas. Você sai do banheiro, caminha pelo corredor. A porta do quarto está aberta, há um abajur aceso e uma profusão de peças de roupas jogadas pelo chão. Sobre a cama, uma mulher, jovem ainda, dorme encolhida junto a um bebê. Ela está vestida com um short curto, uma frente única e tem a pele muito branca. O tecido da frente única saiu do lugar, expondo parte do seio da mulher, e você vê o começo de um dos bicos. Marrom. Depois, nota o cinzeiro cheio ao lado do abajur e as manchas que a luz distribui pelas paredes. Manchas de uma casa doente. Por fim, você vê que a mulher está de olhos abertos, vidrados em sua direção. Então você continua andando, passa pela porta da cozinha, que exala um misto de ranço e comida. O hálito de uma casa doente. Quando chega à sala, você se sente tonto, meio enjoado. Seus dois amigos estão fumando bagulho outra vez e continuam a conversar, pare-

cem não notar que você voltou do banheiro. O dono da casa é o único ali que já pagou bronca na Detenção. As tatuagens em seu braço contam esse episódio. O outro é seu amigo de infância, foram à escola juntos. Era craque em matemática. Agora é louco por remédio, qualquer um. Já tomou até comprimido do irmão epilético misturado com cachaça. Na sala da casa doente, os revólveres sobre a mesa de centro, os dois falam de um sujeito chamado Valdir: vão derrubá-lo naquela noite. Você, que não sabia do plano, protesta — Valdir é chegado dos três. O dono da casa diz que é caso de dívida de droga, que precisa dar o exemplo, se não vira bagunça. Você insiste e seu amigo de infância fala que não tem jeito, vai ser naquela noite. Vocês fizeram alguns lances juntos, coisa pequena: um posto de gasolina, uma perua de cigarros, uma padaria. Mas nunca derrubaram ninguém. E você lembra que não é direito fazer isso com Valdir, que sempre pagou suas dívidas, ainda que com atraso. O dono da casa fala que não pode tolerar reincidências, perderia a moral. Você explica que não vai participar. Seu amigo de infância, que também era bom em desenho, pergunta se você está amarelando. O dono da casa comunica que, nesse caso, seu revólver ficará com eles. Você vai embora da casa doente, ainda se sentindo zonzo. Só vai melhorar no começo da noite, quando encontra Valdir num bar. Ele o convida para uma cerveja e comenta um monte de assuntos. Você, nenhum. Valdir percebe que você está nervoso, pergunta o que está acontecendo. Você diz: Nada. Calmo como sempre, ele pede mais uma cerveja, enche os copos. Mas não chega a beber. Porque vê os dois sujeitos com meias cobrindo o rosto que entraram no bar e avançam em direção à mesa em que vocês estão. Valdir corre para o banheiro e um dos mascarados vai atrás. Seu amigo de infância. Você sabe disso porque o outro mascarado, que permanece em pé, ao lado da mesa, tem os braços tatuados. Vocês ouvem os tiros, nenhum grito. Seu amigo de infância, que sonhou um dia virar desenhista de gibis, sai do banheiro e vem até a mesa. Você jura que não disse uma palavra para Valdir. Seu amigo pede desculpas, diz que não é nada pessoal. E ainda dá tempo de perceber que ele está com o revólver que você costumava usar.

6. Você chega em casa depois de um dia medonho. No trabalho, seu chefe pegou no seu pé mais do que de costume. Um carma. E bem no seu horário de almoço, a loja ficou lotada e você não pôde sair. Parecia que, de repente, todo mundo na cidade tinha se interessado por sapatos ao mesmo tempo. Mas ninguém comprou nada. Você perdeu o almoço e só conseguiu vender um par de chinelos. Da cesta de promoções, sem comissão. Passou a tarde com cafezinhos e azia. No ônibus para casa, um sujeito cismou que você estava encoxando a mulher dele. Por pouco não termina em confusão. Contudo você se sente alegre. Porque está chegando em casa e vai colocar um ponto final naquele dia de merda. O plano é: tomar banho, jantar e se esticar no sofá, à espera do jogo da Seleção na TV. Quando você está a um passo da porta, seu vizinho chama seu nome. Você não morre de amores por ele, é um agiota,

dono do cu de meio mundo naquele bairro. Inclusive de parte do seu. Ele primeiro pede sua participação num abaixo-assinado envolvendo a pracinha abandonada pela prefeitura. Virou ponto de encontro de gente que usa tóxico, ele diz. Depois se embrenha num matagal de assuntos sem importância. E conclui reclamando que seu filho ouviu música num volume muito alto no domingo e ele não conseguiu dormir à tarde, como gosta. Você diz que vai tomar providências. Então seu vizinho aproveita para lembrar o vencimento de uma parcela de seu empréstimo. Você repete que vai tomar providências. E entra em casa, como que se abrigando. Você não suportaria mais nada naquela noite. Mas o repertório de um dia ruim é vasto e inesperado. Você estranha a sala vazia, a TV desligada. Todos os dias, quando você chega, sua mulher está sentada na poltrona, acompanhando a novela. Menos hoje. Sua filha está no cursinho, volta tarde (ela será reprovada em todos os vestibulares no final do ano, mas, é claro, você ainda não sabe disso). Seu filho, você supõe, saiu para se divertir com os amigos (na verdade, ele não está com amigos, está com inimigos, e esta é outra coisa que você ainda não sabe; nem seu filho). Você descobre sua mulher na cozinha, sentada à mesa, em companhia de um homem grisalho, de terno. Você o conhece de vista, ouviu falar muito dele. É o bispo da igreja que sua mulher anda frequentando. A ladainha já é sua velha conhecida: você precisa mudar de vida, entrar para a igreja como um servo do Senhor, trilhar o caminho do bem. A fome o torna mal-educado e você pergunta pelo jantar. Sua mulher ignora, diz que você precisa ouvir o que o bispo tem a dizer. O homem grisalho se levanta e diz que é importante a família respeitar quando um de seus membros toma a decisão de mudar de vida. A voz do bispo é macia. E vira um veludo quando ele explica o sentido da abstinência sexual que *sua* mulher irá praticar a partir daquele dia. Você acha que não entendeu direito, um delírio causado pela fome. Mas o bispo continua: fala que vocês já procriaram, os filhos estão grandes, saudáveis, e que o sexo sem a finalidade da reprodução é nocivo. Você ouve paralisado. E só recobra os movimentos no momento em que sua mulher toca o braço do homem grisalho e pede que ele fale sobre a televisão. Você nota que ela está usando seu melhor vestido e até se penteou para receber o bispo. Ele diz que a televisão é um instrumento do diabo, que deve ser banida das casas das pessoas de bem. Essa parte você não ouve direito, pois saiu para o quintal. Quando volta à cozinha, sua mulher e o bispo estão em pé, de cabeça baixa e de mãos postas, como se orassem por sua conversão. Você diz que eles estão certos, que precisa mudar de vida. E vai fazer isso naquele mesmo instante. Então você ergue a barra de ferro que trouxe do quintal. Os jornais dizem que você enlouqueceu e só parou de bater quando os policiais o agarraram. Não exageraram. Você sabe que, se pudesse, estaria batendo até agora.

7. Você, a princípio, acha a ideia engraçada, meio absurda. A um milímetro do ridículo. Você diz o que pensa aos seus dois amigos. Eles riem, respondem que você vai

acabar gostando dela. Uns dias depois o assunto volta, em uma conversa que reúne os três e o saudável hábito de estar à toa. Naquele lugar não há muito o que fazer, estar à toa acaba sendo uma boa opção. Dessa vez, você começa a considerar a ideia viável. Por que não? Seus amigos percebem e aumentam a pressão. Estão a um passo de conquistar a cidadela. Você concorda. Como é o único que mora sozinho, você cede a casa. E é assim que a coisa começa. A garota passa a aparecer quase todas as tardes. Os três fazem sexo com ela. Alternadamente, é claro. Vira uma espécie relaxada de rotina: vocês três estão na sua casa, sem fazer nada, ela entra de repente. Não diz uma palavra. Olha para um dos três, escolhe aquele que vai levá-la para o quarto primeiro. A ordem em que os outros dois vão entrar em seguida pouco importa. Às vezes, à noite, você acorda e pensa na palavra "sujeira" quando se lembra daquilo. Que diria sua mãe, se fosse viva? Em outras vezes, porém, é diferente: você até sonha com a garota. Você gosta de ir para a cama com ela: é carinhosa, calma, quente. E dá para perceber que ela também sente muito prazer. Uma garota que todos naquele lugar consideram retardada. Quanto tempo isso durou? Dez meses? Um ano? Durou até o dia em que um dos seus amigos chegou com a novidade: a debiloide emprenhou. Vocês discutem e se acusam durante horas. Só para chegar à conclusão de que, em algumas ocasiões, nenhum dos três se preocupou com camisinhas. Em especial quando havia bebida no meio. A garota some. Vocês também resolvem sair de circulação. Você passa a cultivar o saudável hábito de não estar em casa, tanto de dia quanto à noite. Uma vez, você vê a garota no supermercado, com a mãe. Vê sem ser visto. Ela está com o cabelo mal cortado, como sempre. Barriguda. Obscena. Nem bem o menino nasce, começa o tormento: seus amigos dizem que ele é a sua cara. No começo, você leva na esportiva, mas não demora para essa conversa começar a prejudicá-lo. Você tem a impressão de que as pessoas o observam na rua, uma namorada rompe sem motivo aparente. Depois, passa. Apenas seus dois amigos se lembram de insistir: o menino está cada dia mais parecido. Você só se encontra com ela e com o filho quase um ano depois. O menino está no colo, ranhento. E é impressionante como se parece com o garoto de umas fotos antigas que você tem em sua casa, na gaveta da cômoda. Sua mãe, se estivesse viva, diria o mesmo, você não duvida. O que faz você ficar com vontade de sair correndo dali? É que você e o menino cruzam o olhar. E ele olha para você como quem olha para um inimigo.

8. Você sabe que existem pelo menos duas maneiras de lembrar uma coisa. A primeira: do jeito exato que a coisa aconteceu, sem tirar nem pôr — esse é o negócio dos livros de história e, em algumas ocasiões, o trabalho da polícia. A outra maneira é lembrar a coisa como você gostaria que ela tivesse acontecido. Melhorando alguns detalhes, alterando outros, sempre a seu favor. A maioria das pessoas faz isso. Então o que você conta aos seus amigos é a verdade. A sua verdade. Você diz que se encontrou por acaso com Jaqueline no forró (você sabia que ela estaria lá).

E pensou que ela estava sozinha (com duas amigas e mais três carinhas). Só por isso, você diz, foi falar com ela (você esperou uma brecha, quando ela resolveu ir ao banheiro com uma das amigas). Você diz que Jaqueline foi sua namorada, um lance sem importância, de muito tempo atrás (você não diz que nunca conseguiu tirá-la da cabeça). Você diz que não aconteceu nada de mais, conversaram apenas (Jaqueline pediu que você fosse embora, que tirasse a mão de seu braço). Amigos não podem mais conversar?, você pergunta a seus amigos (Jaqueline não queria conversa, você a chamou de vagabunda). Você diz que foi um papo rápido e que logo depois foi embora do salão (você tentou esbofeteá-la, a amiga interferiu). Você diz que não sabe explicar como a confusão começou (Uéslei, que estava com você, levou-o para fora e em seguida voltou, para desculpar-se com os carinhas que estavam com Jaqueline). E que se não tivessem matado Uéslei, ele poderia confirmar a sua história (você estava fora do salão e correu quando ouviu os tiros). Um dos seus amigos comenta: Com tanta mulher no forró e você foi mexer justo com a mulher desse cara? Você diz que não sabia que ele e a Jaqueline estavam namorando (você sabia). Namorando, não, diz seu amigo, eles estão vivendo juntos já faz tempo (você não sabia). Você e seus amigos permanecem há horas trancados no barraco, faz calor, estão suados. Outro amigo, o que vigia a ladeira pela janela entreaberta, fala que os caras só estão esperando escurecer para atacar. Você diz que talvez valesse a pena tentar conversar com eles, explicar o mal-entendido. Seu amigo, que está sentado no chão, com o revólver ao lado, lembra o que aconteceu com Uéslei, que tentou conversar. O outro amigo, que continua apoiado na janela, de arma em punho, diz: Só se for pra te entregar, quem sabe assim a gente livra a nossa cara. O barraco está abafado. Você e seus amigos ficam em silêncio. Pensando. E você tem a nítida impressão de que eles estão considerando aquela ideia. A sério.

9. Você não consegue dormir por causa do calor. Durante o dia, deu no rádio, a temperatura bateu nos trinta e sete graus. E à noite, uma noite sem brisa, não mudou muito. Então você tira a camisa — mas a coisa piora: os mosquitos atacam. Você desiste de dormir e vai para a sala. Bem no momento em que, a julgar pela gritaria, o carro chega à casa vizinha. Você calça os sapatos novamente, abotoa a camisa e sai à rua. Um amontoado de gente acompanha com atenção enquanto os homens da funerária transportam o caixão para dentro da casa. Onde todos entram em seguida. Menos Wilsão, que permanece encostado no muro, um dos braços cruzados sobre o peito, apoiando o cotovelo do outro braço, a mão no queixo, pensativo. Você se aproxima e nota que ele parece calmo. Wilsão já recebeu, à tarde, seu abraço de condolência, quando a notícia estourou no bairro. Naquele momento, ele estava transtornado, chorando e repetindo que haviam matado seu irmão caçula. Agora parece tranquilo. É o choque, você calcula. Por um tempo, vocês ficam lado a lado, apoiados no muro, em silêncio. Até Wilsão dizer que vai precisar de você. E só no carro, depois de rodarem uns dez

minutos, ele explica a missão: uns amigos que ele tem numa favela, no outro extremo da cidade, conseguiram apanhar um dos rapazes. Talvez seja o que atirou, Wilsão diz, o filho da puta que matou meu irmão. O Marcelinho, ele repete, ficando agitado, justo ele que nunca fez mal pra ninguém. Por que fizeram isso?, Wilsão pergunta. Você sabe a resposta. Estava trabalhando com um parceiro novo e, naquela manhã, resolveram assaltar um mercadinho no centro. Foi fácil: não havia fregueses e vocês renderam o dono sem nenhum problema. E já estavam de saída quando Marcelinho apareceu, de repente, vindo do banheiro que existia nos fundos do mercadinho. Ele o reconheceu no ato. E por isso recebeu dois tiros de seu parceiro, um sujeito esquentado. E você ainda teve de repetir para o seu parceiro que não sabia de nada. Como é que você ia adivinhar que o Marcelinho trabalhava justo naquele lugar? O dono do mercadinho, Wilsão diz, contou que eles estavam em dois. Diz também que vocês estão quase chegando. E que o cara vai contar na marra quem estava com ele no assalto. Você começa a transpirar muito e Wilsão percebe. Para disfarçar, você fala que a noite está quente. Wilsão concorda. E diz que vai esquentar ainda mais daqui a pouco.

10. Você muitas vezes fica cansado de ser você mesmo. Então gosta de imaginar que é outra pessoa, qualquer uma. Como o homem de pele bronzeada, cabelos ralos e óculos escuros que viu outro dia no trânsito, ao volante de um carro importado. Ao lado dele havia uma mulher mais jo-

vem, bonita, loira. Apesar de ser um começo de tarde, vocês estariam a caminho de casa, onde, depois de um drinque numa sala ampla, limpa, confortável, você a beijaria. Em seguida, iria conduzi-la pela mão até o quarto, tirariam as roupas e fariam amor. (O que você não sabe é que, na verdade, o homem bronzeado e a mulher mais jovem são cunhados. E que, no momento em que você os viu, estavam voltando de um almoço tenso, durante o qual ela confirmou ao homem, que tentava evitá-la havia dias, a notícia de uma gravidez.) Você já quis ser um menino que viu brincando com o cachorro no playground de um edifício de luxo. Sentados num banco, a mãe e o pai do menino observavam as brincadeiras, satisfeitos. Gente de bem — até o cachorro era elegante. (Mas talvez fosse útil você saber que, em dois meses, aquele menino irá surpreender os pais com uma doença rara, incurável. Que vai deixá-lo na cama para o resto da vida. Um vegetal.) Você já desejou estar na pele do rapaz que o cumprimenta sorrindo quando você volta para casa, à noite. É o filho da benzedeira, mora na vizinhança. É educado, gentil, todos no bairro gostam dele. (Só que, no momento em que vocês se encontram nesse dia, restam a ele pouco mais de quatro horas de vida: vai morrer de bobeira, por estar no bar em que ocorrerá a quadragésima chacina do ano na cidade.) Sem saber disso, você entra pelo corredor, rumo à casa de fundos onde vive. Você está alegre. E nem os gritos que ouve ao passar pelo corredor — seus vizinhos vivem brigando, já teve até facada entre eles — conseguem aborrecê-lo. Você arrecadou um bom dinheiro no semáforo de uma avenida. Por isso está alegre hoje. Mas nem sempre é assim. Às vezes, você fica cansado de ser você mesmo. Então gosta de imaginar que é outra pessoa. Qualquer pessoa. Uma que não dependa de uma cadeira de rodas, como você. E, nessas ocasiões, você é seu pior inimigo.

HOMENS MORTOS

A garota tinha um ideograma tatuado no pulso esquerdo. Minúsculo, vermelho. Significava, segundo ela, "o caminho do guerreiro passa necessariamente pelo mal; mas o guerreiro tem escolha". Sempre achei que, em matéria de síntese, ninguém pode com os chineses.

O pai dela era músico, de certa projeção até. Tocou nos festivais da Record na década de 1960, acompanhando cantores importantes. Aí desafinou no jogo e na bebida. Acabou virando um profissional da noite. O pai dela era uma lenda no meio musical. E também um grande canalha: apostou a virgindade da filha num jogo com um amigo pianista, quando ela estava com quinze anos, e perdeu. Perdeu duas vezes: ela nem era mais virgem. A garota me disse que teve sorte: o amigo do pai era delicado e amoroso. Um negro gordo, se bem me lembro dele. Bom sujeito, de acordo com ela. Tanto que continuou se encontrando com ele até os dezoito anos.

Ela soprou o café na xícara e bebeu um gole curto, me espiando com as sobrancelhas levantadas.

Pelo vidro do bar podíamos acompanhar o movimento dos carros no estacionamento do posto de gasolina. Motoristas saltavam se espreguiçando de caminhões enormes. Tinha acabado de amanhecer.

Acendi um cigarro e observei o casal na mesa ao lado. Quarentões, os dois. Ambos amarfanhados de sono. Comiam em silêncio, se olhando com hostilidade. É uma maravilha quando a coisa chega a esse nível. Casais nesse estágio deviam comer com talheres de plástico.

Terminamos o café e saímos em direção aos caixas. A garota caminhava à minha frente, andando de um jeito que valeria a pena cobrar ingresso de quem estava olhando.

Quando mais novo, tive um caderno a que dei o nome de "O espetáculo do mundo", no qual registrava tudo que me encantava ou me assustava. A garota — e o modo como andava — teria lugar nas duas listas.

Um grandalhão com cara de oligofrênico, acompanhado por dois adolescentes de cabeça quase raspada, olhou para ela e depois para mim. E seus lábios se moveram, formando claramente um "puta que pariu". Eu ri. Estava acostumado com esse tipo de coisa.

Antes de sairmos, ela comprou um chapéu de palha, que manteve na cabeça mesmo depois que entrou no carro.

Rodamos por quase duas horas. O calor era intenso, parecia verão. A garota me falou da mãe, uma ex-atriz de televisão, com quem se encontrava uma ou duas vezes por ano. Citou as novelas em que ela aparecera, mas eu não consegui lembrar. Disse que as duas eram muito parecidas, o que achei impossível: uma mulher com aqueles traços teria chamado minha atenção.

Então vimos um acidente: um carro tinha entrado na traseira de um caminhão e havia gente presa nas ferragens. Ela me perguntou se podíamos parar para ver e eu encostei.

No meio de um aglomerado que reunia policiais e curiosos, os homens da equipe de socorro trabalhavam com uma serra, tentando abrir caminho até o motorista preso no carro. Deu para ver que ele era jovem ainda e sangrava no pescoço. Seu rosto fora devastado pelos estilhaços do para-brisa.

A garota examinou o carro e, quando chegou à traseira, tirou um bloco e um lápis da bolsa e anotou o número da placa. E olhou para mim, à espera de alguma pergunta sobre esquisitices, superstições ou palpites do destino para o jogo de bicho. Eu fiquei quieto — não gosto de conversar sobre o que não está visível no mundo, não sou bom nisso.

Foi nesse momento que notamos o cadáver coberto por jornais no acostamento.

A garota se agachou e ergueu o jornal. O morto, um homem mais velho, grisalho, estava com os olhos abertos. E não tinha nenhum ferimento aparente. Ela colocou a mão no rosto do homem e comentou que ele ainda estava quente. Eu ia conferir, mas um dos policiais se aproximou e mandou que a gente saísse dali. Então voltamos para o carro.

Na estrada, perguntei o que ela achava que acontecia depois que a gente morria.

Ela respondeu que não sabia, mas achava baboseira esse papo de reencarnação.

E o paraíso?

Ela disse que eu devia estar brincando.

O calor tinha piorado e a garota resolveu trocar a blusa de lã que usava por uma camiseta, que retirou da mochila no assento traseiro. Por alguns instantes ficou vestida apenas com um sutiã vermelho, que devia ter encontrado na seção infantil de alguma loja. Lamentei ter perdido o caderno em que anotava as coisas do "espetáculo do mundo".

Chegamos à cidade um pouco depois do meio-dia e não tivemos dificuldade em localizar o hospital, o único do lugar. Era uma dessas cidades pacatas, em que todo mundo se conhece e se cumprimenta. Na praça, motoristas de táxi faziam a sesta em bancos abrigados pelas árvores, à espera de um improvável freguês. Todos tinham a barriga pronunciada e pareciam muito felizes com isso.

Agências bancárias, lojas, bares, pequeno comércio e pessoas que passavam lentas, mais preocupadas com o calor do que com qualquer outro compromisso — esse era o cardápio do centro. Fiquei impressionado com a limpeza das ruas.

A garota comentou que não aguentaria uma semana num lugar daqueles.

Eu disse que era tudo uma questão de adaptação.

Ela me olhou. Para dizer que me conhecia bem e sabia que eu também não suportaria viver ali.

Talvez estivesse certa.

Eu estava tentando recomeçar — e aquele era um bom lugar para um recomeço. Mas eu tinha consciência de que, para recomeçar, um homem precisa perdoar-se. Mais que isso: precisa fabricar uma espécie de amnésia de estufa e esquecer tudo a seu próprio respeito. Eu não sabia perdoar, nem a mim, nem aos outros. E havia coisas que eu não queria esquecer. Em especial, as que me deixavam com ódio e me mantinham vivo.

Na entrada do hospital, conheci a irmã mais velha da garota e o cunhado. E pela maneira como se abraçaram, percebi que havíamos chegado tarde.

O pai da garota tinha morrido no começo daquela manhã.

Talvez bem na hora em que paramos no posto da estrada para tomar café. Ou, como o destino é caprichoso, no exato momento em que ela comprara aquele chapéu que continuava usando.

A garota me apresentou como "um amigo". Os dois fingiram acreditar, mas me olharam com jeito de quem sabia que éramos bem mais que amigos.

O cunhado, um tipo bonachão, me abraçou com uma súbita intimidade, o que me deixou paralisado. Detesto que pessoas estranhas me toquem. A irmã da garota fez o mesmo. Depois me pediu um cigarro.

As duas começaram a falar sobre o pai: quando descobriu que estava doente, ele resolvera abrigar-se na casa da filha de seu primeiro casamento, para morrer na cidade onde havia nascido.

Achei curioso vê-las lado a lado. Difícil imaginar duas criaturas mais diferentes: uma era baixa, a outra, alta (a garota); uma tinha ar confiante, seios grandes e meia dúzia de sardas no rosto (a irmã), a outra tinha seios pequenos, rebeldia para dar e vender e um casal de gatos que atendiam pelo nome de Fred e Ginger. Ambas eram infelizes, cada uma à sua maneira. Tinham em comum apenas o tom do cabelo. E o pai.

Quando elas entraram no hospital, o cunhado se encostou numa Variant verde, adesivos do Palmeiras e da Amway no vidro traseiro, e pulverizou a boca com um pequeno tubo de spray. E me perguntou se eu era o cara que mexia com carros importados.

Eu disse que não.

Ele se desculpou, tinha me confundido com um outro amigo de quem a garota falara.

Eu disse que não havia problema. E perguntei o que ele fazia.

Ele falou que trabalhava com madeira.

Eu comentei que era um bom negócio, embora não soubesse exatamente a que tipo de trabalho ele estava se referindo. Talvez fosse um desmatador filho da puta. Não, ele tinha pinta de ser um desses marceneiros que esculpem móveis infernalmente bonitos e duráveis.

Ele perguntou o que eu fazia.

Eu disse que era poeta.

(Adoro o efeito que essa mentira causa em pessoas que não sabem direito o que é um poema. Ele era uma delas.)

Esperei que ele me pedisse para recitar alguma de minhas criações. Tinha na ponta da língua "A depilação da noiva no dia do casamento", que um amigo escreveu e nunca publicou. Mas ele ficou calado. Limitou-se a baixar a cabeça, como se estivesse tentando assimilar aquela informação. O impacto fora forte.

Para que o silêncio entre nós não se tornasse incômodo, perguntei se seria barato alugar uma casa naquela cidade.

Ele levantou a cabeça, seus olhos brilhavam, na certa antevendo um companheiro para as cervejas de fim de semana e para jantares em família. Disse que, dependendo da situação, o melhor mesmo seria comprar uma casa, o momento era bom.

Eu expliquei que estava cansado de São Paulo e pensava em me mudar para um lugar mais tranquilo.

Ele sorriu e se colocou à disposição para me ajudar a procurar por uma boa casa. Prestativo como um vendedor de planos de saúde.

Fumei um cigarro e conversamos mais um pouco. Falamos da violência nas grandes cidades, da falta de opções de diversão nas pequenas, de políticos e do tempo em que os militares mandavam no país — ele era a favor, achava que só outra ditadura iria endireitar as coisas. Era um bom sujeito. E, como todo bom sujeito, alienado. Pensei em contar algumas histórias, uma em especial. Mas não valia a pena.

(Não falamos de poesia ou de poetas, para minha decepção. Não consegui encaixar o assunto, que parecia intimidá-lo.)

Quando a garota e a irmã reapareceram, ele estava recriando — com um senso de timing maravilhoso, por sinal — uma piada que vira num programa de TV na noite anterior. Se quisesse, ele podia ganhar dinheiro com aquela verve.

O pai da garota seria enterrado no dia seguinte, porém ela não ficaria para assistir à cerimônia.

O casal nos convidou para almoçar e a garota mentiu, dizendo que tínhamos comido na estrada, pouco antes de chegar à cidade. Então nos despedimos.

O cunhado me deu tapas vigorosos nas costas, reiterando a oferta de ajuda para procurar uma casa naquela cidade. A irmã me abraçou e recomendou que eu cuidasse bem da garota — a irmã não a conhecia mesmo.

Rodamos em silêncio no carro. Ao passarmos pela praça, a garota indicou uma confeitaria e pediu que eu parasse. Eu sabia que ela era louca por doces. Não ligo para doces, mas resolvi acompanhá-la porque me interessei pela velhinha que atendia no balcão.

Havia uma infinidade de bolos, tortas, mousses e cremes em exposição, e a garota, com as mãos para trás, demorou-se examinando cada um deles. Olhei para a velhinha e ela me presenteou com um sorriso que entraria facilmente, e com toda a justiça, no meu velho caderno.

A garota passou de uma vitrine a outra, repetindo o ritual de avaliar com cuidado cada uma das possibilidades.

Estava indecisa. A velhinha reparou nisso e a olhou com simpatia, como se estivesse torcendo para que ela fizesse a melhor escolha.

Quando chegou ao fim das vitrines, a garota ainda se ocupou por um tempo da seção de sorvetes da confeitaria. Achei que a velhinha estava prestes a oferecer alguma sugestão.

De repente, a garota se virou e disse que podíamos ir embora dali. E saiu da confeitaria. Olhei para a velhinha, o sorriso tinha sumido.

No carro, a garota me explicou que aquilo fora um teste de autocontrole. Disse que sempre fazia esse tipo de coisa quando algo a perturbava. Era o seu jeito de recuperar o domínio de suas vontades.

Eu falei que nunca resistia às minhas vontades. E o fato de estar com ela comprovava isso.

Ela forçou um sorriso. Mas estava triste. Linda e triste. E usando um chapéu que a deixava parecida com uma dessas atrizes de filme francês antigo.

Era nosso centésimo septuagésimo nono dia juntos. Um recorde, para ambos os lados.

A garota comentou que estava pensando se valeria a pena entrar em contato com a mãe, para avisá-la da morte do ex-marido. O problema, disse, é que a mãe tivera tantos homens que talvez ficasse em dúvida sobre qual deles havia morrido.

Eu conhecia a história. A ex-atriz abandonara a família quando a garota estava com seis meses. Para viver um romance com um diretor de telenovelas quarenta anos mais velho, que a espancava com regularidade. Naquele momento, segundo a garota, a mãe vivia com um aspirante a ator quase em idade para servir o Exército — isso se não tivesse trocado de parceiro desde a última vez em que as duas tinham se encontrado, ela ressalvou.

    A garota fora criada pelo pai. E dizia que a lembrança mais marcante de sua infância era o pai vasculhando a casa, na hora do café da manhã, atrás de sua garrafa de vodca.

    Eu disse que, se tivéssemos vindo direto, sem pernoitar no hotel, ela teria chegado a tempo de encontrar o pai vivo.

    Ela disse que tinha sido melhor daquela maneira. Assim, explicou, o pai morrera sem saber que havia sido perdoado.

    A garota ligou o rádio e avançou com o ponteiro por um emaranhado de vozes de locutores, até sintonizar uma estação que tocava música. A cantora de voz rouca, dilacerada, sussurrava a palavra *hallelujah*. Como se, naquele momento, estivesse se livrando de uma grande dor.

    Aleluia, eu disse, e olhei para a garota. Ela sorriu. Aleluia, eu repeti. Como se fosse possível a gente se livrar das nossas grandes dores.

BALAIO

Apareceram dois caras estranhos no bairro tirando informação sobre o Tiãozinho. O pessoal se fechou. Não demorou e vieram falar comigo, sabiam que eu e o Tiãozinho andamos juntos muito tempo.

O começo foi manso. Eu estava jogando balaio com uns amigos. Balaio é um tipo de truco que inventamos, mais agressivo, que dava ao vencedor o direito de ser o primeiro a atirar no próximo sujeito que a gente fosse derrubar. Eles apareceram, me chamaram de lado, abriram cervejas. Sentei-me com eles.

Explicaram que a ficha do Tiãozinho era encomenda de um grandão da Zona Norte. Não sabiam o motivo.

Eu disse que, sem conhecer o motivo, ficava difícil.

Um deles comentou que talvez o grandão quisesse as informações para decidir algo positivo em favor do Tiãozinho. Tinha a pele cor de pastel cru. Parecia uma dessas pessoas que nunca comem carne.

O outro era preto. Três rugas no rosto: duas quando ria, ao redor da boca; a outra aparecia na testa, na hora em que ficava sério. Impossível saber a idade dele.

O branco prosseguiu aventando: Quem sabe o Tiãozinho não está pra assumir uma posição importante com o homem?

O preto emendou: Pois é, e se ele estiver pra casar com a filha do homem? O Tiãozinho não seria capaz de um negócio desses?

O grandão é bicha?, eu perguntei.

O preto: Não, claro que não.

E o outro: Por quê?

Porque o Tiãozinho é capaz de qualquer coisa, eu disse. Inclusive de estar casando com esse grandão aí.

Os dois riram. O que foi bom: vi que o pessoal, que continuava firme no jogo, deu uma relaxada. Perceberam que era conversa amistosa.

Essa é boa, o branco ainda ria. E o que mais você pode contar sobre ele?

Mais nada, eu falei. Me digam o motivo ou então a gente pode mudar de assunto.

Eles se olharam, contrariados. O branco pareceu sentir mais o golpe. Era aquele tipo de homem que adora ser contrariado — em casa, no trabalho, no trânsito, em todo lugar. Só para poder explodir.

Foi ele quem falou, se controlando: Bom, então acho que temos um problema aqui. Um problemão.

O preto tentou amaciar, a ruga atravessada na testa:

Você podia facilitar as coisas pra todos nós. Veja bem: temos ordem até de pagar pelas informações, se for preciso.

Batuquei com as unhas no copo de cerveja. Fazia muito tempo que eu não via o Tiãozinho. A última notícia era que andava amigado com uma dona asmática, que ele quase matava todas as noites, porque nunca sabia se ela estava gozando ou tendo uma crise de falta de ar.

Os dois esperaram, achando que eu estava considerando o lance do dinheiro. Mesmo jogando no campo do adversário, pareciam seguros. Era uma noite fria e ambos vestiam casacos. Dava para adivinhar que estavam armados. Com coisa pesada.

Acho que vocês deviam dar outra volta pelo bairro, eu disse. Talvez apareça alguém disposto a vender alguma informação.

Você está complicando um negócio simples, falou o branco. Em vez disso, podia ganhar um bom dinheiro.

Vamos fazer o seguinte, eu me curvei e apoiei os cotovelos na mesa. Vocês descobrem por que esse grandão quer as informações sobre o Tiãozinho e voltam aqui pra me contar. Aí eu falo de graça, que tal?

Eu tenho uma proposta melhor, o branco colocou sal no *meu* copo e mexeu com o dedo. Você vai com a gente e conversa direto com o homem lá na Zona Norte. Eu prometo que depois a gente traz você de volta direitinho.

Eu ri: Não vai dar. Eu odeio sair do bairro.

Você vai com a gente, sim, o preto disse e tirou as duas mãos de cima da mesa.

Foi um gesto rápido, muito rápido. Se tivéssemos gente assim do nosso lado, eu pensei, nossa vida ia ser bem menos complicada. Olhei para ele com atenção e me descuidei do outro. E era exatamente o que esperavam que eu fizesse.

Percebi isso quando o branco se mexeu, a mão sob a mesa, e falou: Eu tenho uma 45 apontada para a sua barriga. Não tem jeito de errar.

O Tiãozinho deve estar metido em algum rolo muito grande, eu disse. Ou então vocês dois são meio malucos.

As mãos do preto continuavam debaixo da mesa. Na certa com duas armas também apontadas para mim.

Nós vamos sair daqui bem devagar, o branco anunciou. Você vai na frente, com muita calma, e é bom não fazer nenhuma besteira.

Eu permanecia apoiado na mesa e não me mexi. Disse a eles que bastava eu tossir para que aquele pessoal todo puxasse as armas.

Será a última vez que você vai tossir na vida, o branco falou. Você é quem sabe.

Uma coisa eu garanto, o preto disse. Vou levar um monte de gente comigo. E você será o primeiro.

Uma vez, quando eu era mais novo, vi um sujeito abrir caminho à bala num puteiro cercado pela polícia. Foi a única vez que presenciei alguém atirando com duas armas ao mesmo tempo. O cara tem que ser muito bom pra fazer isso. Aquele sujeito era e conseguiu escapar.

Vou pedir a conta, o branco avisou. Daí a gente vai sair na boa, combinado?

Eu endireitei o corpo, mantendo as mãos sobre a mesa.

O preto acompanhou meus movimentos com atenção. E pude ouvir o ruído quando ele puxou o cão dos revólveres.

Você tá armado?, ele perguntou.

Estou, eu menti.

Atendendo ao aceno do branco, Josué veio para perto da mesa e informou o valor da conta, satisfeito. As mãos do branco reapareceram, segurando uma carteira marrom. Enquanto ele escolhia as notas, olhei para Josué, que me sorriu.

Era um bom sujeito, costumava ajudar muita gente no bairro. Às vezes, quando nossos jogos avançavam até tarde da noite, Josué ia para casa e nos deixava a chave, recomendando apenas que a gente não esquecesse as luzes acesas ao sair. Eu gostava dele. Por isso, lamentei que as coisas se complicassem justo em seu bar.

E elas se complicaram mesmo. Mas não do jeito que eu esperava.

A viatura estacionou na porta do bar e os quatro policiais entraram, olhando primeiro para o pessoal que jogava balaio e depois para a mesa em que estávamos. Três deles usavam sobretudo e carregavam escopetas. No comando, um tenente que eu conhecia de vista. Gente boa.

Ele interrompeu o jogo e mandou que todo mundo se colocasse com as mãos na parede. Pensei que o tempo ia fechar: ali dentro tinha mais armas do que na vitrine das lojas de caça do centro. Os rapazes obedeceram, movendo-se com lentidão. Estavam esperando algo. Uma fagulha.

Quando o tenente se dirigiu a nós, eu me levantei da mesa na hora e me juntei aos meus companheiros. O branco e o preto não se mexeram. Ambos estavam com apenas uma das mãos sobre a mesa. O tenente achou aquilo curioso e avaliou a situação por alguns instantes. Um dos policiais afastou-se em direção à porta, procurando um ângulo mais favorável.

Gostei da cena. Claro que armamento grosso serve para dar confiança a um sujeito. Mas eu nunca tinha visto caras tão frios como aqueles dois. E pelo jeito nem o tenente, que recuou lateralmente e colocou a mão no coldre.

Josué sorriu para ele e disse: Não precisa nada disso, tenente. Conheço todo mundo, é gente daqui do bairro.

O tenente cuspiu o chiclete que mascava e perguntou: E esses dois?

Conheço eles também, tenente, Josué falou. São amigos.

O preto mantinha a vista baixa, evitando encarar o tenente. O branco olhava para lugar nenhum. Ia explodir a qualquer momento.

O tenente ainda analisou os dois por mais alguns segundos. E então relaxou.

Você tem visto o Tiãozinho?, ele perguntou a Josué.

Tem tempo que esse danado não dá as caras por estas bandas, Josué disse. Deve estar circulando em outra área. Ele aprontou alguma?

Estamos na captura dele, o tenente fez um gesto para os policiais e eles baixaram as escopetas.

Tiãozinho devia mesmo estar metido em algum lance muito grande, eu pensei.

O tenente colocou outro chiclete na boca, olhou mais

uma vez para a dupla na mesa e depois para nós. Daí saiu, acompanhado pelos policiais.

No exato momento em que a viatura arrancou, os rapazes puxaram as armas. Os dois continuavam imóveis, as mãos ocultas pela mesa. Ia começar a queima de fogos.

Pedi a Josué que saísse e baixasse a porta do bar. Ele fez isso, depois de lançar uma expressão triste para o balcão e para as garrafas nas prateleiras.

Magno, que estava ao meu lado, me entregou um dos revólveres que carregava, um 38. Éramos quatro contra os dois.

Como é que nós vamos resolver isso?, perguntei.

O preto trocou um olhar rápido com seu companheiro. Por mim, a coisa já está resolvida, ele disse. Você ouviu: a polícia vai cuidar do Tiãozinho pra nós.

O branco sorriu: Mas se você quiser partir pra festa, nós topamos. Vai ser um estrago bem grande.

Eu sabia que bastava um movimento brusco e os dois se levantariam atirando. Então baixei o revólver com cuidado e disse: Ninguém vai ganhar nada com isso. Vamos fazer um trato: vocês dois saem deste bar sem problema e nunca mais aparecem por aqui.

O preto ainda tripudiou, perguntando para o branco: O que você acha?

Ele continuava sorrindo: Me parece justo. Assim ninguém abusa de ninguém.

Eu avisei aos rapazes que os dois iriam sair e que a gente não faria nada. E caminhei até a porta para abri-la.

Os dois iam sair e provavelmente nunca mais botariam o pé naquele bairro. Mas eram profissionais. E com esse tipo de gente convém não facilitar. Por isso, a um passo da porta, eu parei e alcancei o interruptor, desligando as luzes do bar.

O tiroteio durou meio minuto, se tanto. Quando reacendi as luzes, o preto estava com a cabeça tombada numa poça de sangue sobre a mesa. O branco caíra para trás, arrastando junto sua cadeira. Eu me aproximei e notei que, apesar de estar com um ferimento feio acima do olho direito, ele ainda gemia. Mirei na cabeça e puxei o gatilho, mas as balas do revólver tinham acabado. Um dos rapazes me empurrou para o lado e completou o serviço.

Magno perguntou: O que vamos fazer com eles?

O de sempre, eu falei.

Olhei o sangue espalhado pelo bar. Eu não queria que o Josué tivesse motivo pra se queixar da gente.

Vamos lá, eu disse. Depois ainda temos que voltar aqui pra fazer uma boa faxina.

PIERCING

Ouvimos a explosão e descemos correndo a rua.
Foi botijão defeituoso, disse dona Semíramis,
a professora de piano.
Vi uma luz *alalaranjada*, disse seu Maércio, o gago.
Achei que a casa parecia até mais alegre
naquilo que faltava,
como se estivesse precisando se livrar das paredes.
Aurélio tinha um corte na testa e emendava frases
para explicar o estrondo — estava branco como papel.
Pior foi o pai dele, anunciou a vizinha,
acho que vai perder a perna.
Tininha saiu do que fora o banheiro,
se agarrou em mim.
Levei-a pela mão até a casa que já foi marrom,
onde vivi nos últimos trinta anos,
e hoje é ocre.
Mabel ficou olhando:

uma cadeira aleijada,
as vísceras de um sofá,
cacos de um vaso e meio.
Deixei-a — ela ia demorar catalogando os estragos,
escombros sempre a seduziram (v. nosso casamento).
Tininha sentou na sala, estalou os dedos,
me olhou como se eu não estivesse ali.
Não quis a água com açúcar.
Perdi a porra do meu rádio, repetiu pela terceira vez.
Aí reparou nos quadros:
disse que eles contavam histórias,
era assim?
Que gostaria de saber pintar daquele jeito,
eu ensinava?
Então propôs o jogo do "diga algo que eu não saiba".
Não estou usando calcinha, disse.
Só consigo pintar depois de puxar fumo, falei.
Perguntou:
É verdade que você conheceu
a Mabel na zona?
É verdade que você tem um anel no mamilo?,
perguntei.
Quem te contou?
Teu pai, eu disse.
Ele vai ficar sem a perna, sabia?
Olhei para suas mãos. Estavam tremendo.
Você lê mãos?, ela perguntou.
Eu leio seios, eu disse.
Como é que é? Seios?

As aréolas dizem muito, eu disse.
Sério?
Sério.
Você quer ler os meus?, ela perguntou.
Agora?
É, ela disse, erguendo a camiseta.

GAMBÉS

para José Carlos Tavares de Lyra

1. TOCAIA

O carro, que tinha sido apreendido quinze dias antes e estava com placas frias, eles deixaram numa viela de terra. Garoava. Os dois homens tiveram dificuldade para chegar à avenida. Saíram da viela aos escorregões.

O mais alto deles era o delegado Rabelo, doze anos de polícia, três elogios na folha de serviço, uma advertência — sumiço de um inquérito envolvendo contrabandistas — e uma punição por abuso de autoridade. O delegado, naquele dia, estava mais preocupado com a queda de seu cabelo do que com sua carreira policial.

O homem que o acompanhava era o investigador Lino, que acordara com uma dor de dente alucinante. Lino estava a três ou quatro quilos de poder ser chamado de gordo com procedência.

O dia ainda não tinha clareado direito, porém as pessoas já se amontoavam nos pontos de ônibus. Havia poucos carros em circulação e o tráfego fluía sem problemas.

O delegado parou no meio da avenida e esperou passar um táxi com o luminoso ligado antes de alcançar o outro lado. Lino o seguiu. O investigador pressionava a bochecha, tentando interromper a dor, e percebeu que seu rosto já estava inchado.

Quando passaram pela porta de um bar, o delegado sentiu o cheiro de café e considerou, por um segundo, a ideia de parar. A dois passos dele, Lino também pensou em sugerir um café, mas calculou que o delegado não toparia — era, em sua opinião, um sujeito estressado demais. Então os dois continuaram andando.

Saíram da avenida e começaram a subir por uma ladeira estreita, sem calçamento. Lino passou a língua pelo dente e cuspiu de lado. Doía.

Chegaram a uma casa construída em recuo, protegida por um portão baixo, de ferro, que nunca havia sido pintado. Era uma das últimas construções em alvenaria. A partir dali, as casas eram um amontoado de tábuas e zinco se estendendo em direção ao topo da ladeira.

O delegado Rabelo olhou para os dois lados da rua — um ou outro rosto entorpecido passando sem notá-lo — e saltou para dentro do terreno.

E se tiver cachorro, doutor?

Deixa de ser cagão, Lino. Pula logo.

O investigador obedeceu. E percebeu que o delegado já segurava sua automática. Pensou: Porra, por que este puto não escolheu outro cara para vir com ele? Justo hoje tinha que ser eu?

O delegado parou próximo à porta e levantou a cabeça. Estava tentando ouvir alguma coisa vinda do interior da casa, mas o investigador achou que ele parecia farejar o ar. Quando ele bateu na porta, pancadas fortes, espaçadas, Lino também pegou o revólver.

Fica ligado, Rabelo disse, o braço esticado ao longo do corpo, dissimulando a arma apontada para o chão.

O investigador recuou dois passos, saindo da frente da porta. Uma vez, numa batida num hotel do centro, na pista de uns nigerianos com uma carga de heroína, Lino viu o companheiro que estava à sua frente sair do chão de repente, atingido por um clarão. Um dos nigerianos acuados no quarto tinha usado uma escopeta para atirar contra a porta. O sujeito morreu gemendo no corredor, com as tripas de fora. Lino sempre sonhava com essa cena. Às vezes ele era o policial atingido.

A mulher que abriu a porta não chegou a compreender o que se passava. O delegado entrou e a arrastou com ele. Lino olhou para os lados antes de acompanhá-los.

A sala era simples: sofá, poltronas, armário, TV, uma mesa de centro. Nenhum tapete. Nenhum quadro nas paredes. Havia três portas: uma conduzia à cozinha e aos fundos da casa; outra dava para o banheiro; a última abria para um corredor, que levava aos quartos. A um sinal do delegado, que, agarrado à mulher, tropeçava em direção ao corredor, Lino entrou na cozinha.

A velha estava apoiada na pia, assustada. Tinha acabado de coar o café. A mão que segurava uma colher suja de pó permaneceu parada no ar.

Venha para a sala, o investigador disse, suave, mas firme. Não precisa ter medo.

Ela se moveu devagar, pôs a colher sobre a pia, estudando o rosto de Lino — teria notado o inchaço?, ele se perguntou.

Quando retornou pelo corredor, o delegado Rabelo fez com que a mulher se sentasse no sofá, ao lado da velha. Depois, ocupou uma das poltronas, ficando de frente para as duas mulheres.

Quem diria que a gente ia se ver de novo, hein, Neide?

Pra que tudo isso?, ela massageou um vergão no braço.

O Zé Mário escapou da colônia penal ontem à noite, o delegado disse. Tô com um palpite que ele vai tentar um contato com você. Quem sabe ele resolve passar por aqui pra matar a saudade, o que você me diz?

As duas mulheres se olharam. Quando a velha falou, o delegado se espantou com a voz dela: grossa, inesperada.

Eu sou a mãe dele.

Lino continuava em pé, de frente para as duas no sofá — a camisola que Neide vestia era curta e ele não tirava os olhos de suas coxas. Sem muito proveito, porém: o dente dava agulhadas.

Seu filho tá me dando trabalho de novo, o delegado Rabelo falou para a velha.

Neide pediu: Posso pôr uma roupa?

Rabelo olhou para ela e depois para o investigador, que estava com a boca entreaberta, olhos parados, longe dali.

Vai lá, o delegado disse. Olho nela, Lino.

O investigador acompanhou a mulher pelo corredor, até um dos quartos. Uma cama de casal revirada, uma penteadeira pequena, um guarda-roupa escuro, sobre o qual se comprimiam caixas de papelão, duas malas e um violão. Neide abriu o guarda-roupa, pegou um vestido e, para decepção de Lino, colocou-o por cima da camisola. Ela voltou para a sala abotoando o vestido. Lino a seguiu. A dor de dente tinha diminuído.

Neide sentou-se ao lado da velha e reparou que o delegado, mão apoiada no braço da poltrona, mantinha a arma apontada para as duas. Lino foi até a cozinha e espiou pela porta dos fundos: o quintal estreito era protegido de forma precária por uma cerca de bambus e tábuas. O mato de alguns meses deixava semiencobertos latas velhas, uma bicicleta enferrujada e vários pneus. O investigador fechou a porta e olhou para o café ainda fumegante sobre a pia, antes de voltar para a sala.

A janela, Lino, o delegado Rabelo disse.

O investigador encostou-se junto à janela que dava para a frente da casa e afastou a cortina de tecido ordinário. O ângulo de visão era bom, ele percebeu, e a dor de dente cessara por completo, o que era melhor.

O que vocês vão fazer com a gente?, Neide perguntou.

Nada, só vamos ficar aqui esperando.

Neide suspirou.

Mas eu tenho que sair pra trabalhar.

Hoje você vai tirar uma folga, o delegado riu. Se o Zé

Mário aparecer logo, talvez você ainda consiga trabalhar meio período.

Neide engoliu saliva e um palavrão.

2. LIXÃO

O homem não iria se lembrar do que estivera sonhando. Saberia apenas que, a exemplo do que vinha acontecendo nas últimas semanas, era ameaçador o sonho que o telefone interrompeu um pouco antes das duas da manhã.

Ele acendeu o abajur na mesa de cabeceira, pegou o fone e passou a mão pelo peito e no pescoço, recolhendo suor. Ele nunca se lembrava do enredo dos sonhos, mas sabia que continham algum tipo de ameaça.

O homem permaneceu sentado por um momento na beira da cama depois de desligar o telefone. Até que se levantou e trocou o pijama pelas roupas que tinha usado no dia anterior. Acrescentou uma jaqueta de couro, fazia frio. Ao reaproximar-se da cama para apagar a luz do abajur, reparou que a mulher estava acordada.

O que foi?, ela perguntou.

Nada, ele disse. Durma de novo.

O homem teve vontade de acariciar o rosto dela, afagar seus cabelos, mas não fez isso. Apenas desligou o abajur e saiu do quarto. O mais difícil, ele achava, era fingir que suportava melhor a coisa, que era mais forte do que a mulher.

No corredor, ele se deteve diante do outro quarto. Por um segundo, o cheiro da filha pairou no ar. Um relance apenas. Suficiente para fazer um arrepio elétrico percorrer seu corpo. Ele abriu a porta, acendeu a luz e a filha sorriu no porta-retratos sobre a cômoda.

Quando saiu do elevador e atravessou o hall, recebeu do porteiro um cumprimento e um olhar que continha piedade. Um homem curvado. Um homem e sua dor.

O irmão o esperava no carro estacionado em frente ao edifício. Ele entrou, sentou-se, deixando a porta aberta. O sujeito que ocupava o assento traseiro estava com um gorro de lã e uma barba de vários dias. Parecia mais um bandido, ele pensou, e não um dos investigadores que trabalhavam com o irmão.

O que aconteceu?, ele perguntou.

Ponha o cinto, o irmão disse, vamos dar uma volta.

Ele obedeceu, e o irmão deu a partida. Havia um rádio acoplado ao painel do carro, no qual uma voz metálica, em meio a chiados e zumbidos de estática, recitava de um jeito monótono as ocorrências da noite. Num bar do centro, um homem esfaqueara uma mulher; um posto de gasolina fora assaltado na Zona Leste; na Zona Sul, suspeitos de arrombar uma farmácia tinham reagido a tiros à abordagem de uma viatura e eram perseguidos pelas ruas; uma briga de vizinhos numa favela, não muito longe de onde passavam naquele momento, acabara em um incêndio que consumia vários barracos.

Era uma daquelas raras noites de ar limpo na cidade, as estrelas e uma lua enorme estavam visíveis. Quando o carro entrou na rodovia, ele se virou para o irmão e perguntou:

Afinal, pra onde a gente está indo?

Espere um pouco, você já vai ver.

Ele continuou atento ao rádio: uma colisão com vítimas fatais numa avenida próxima ao aeroporto; um tiroteio dentro de um bar num bairro da periferia que ele nem sabia ao certo onde ficava.

Até que o investigador apontou um acesso na rodovia:

É ali, doutor, não vá perder a entrada.

O delegado Rabelo diminuiu a velocidade do carro e eles passaram para uma estrada estreita, cercada pelo mato dos dois lados. E não precisaram rodar muito para que um cheiro ácido de coisa em decomposição chegasse até eles. Mesmo assim, ele só compreendeu onde estavam no momento em que o carro se deteve sobre um platô. O aterro formado pelo lixo da cidade se estendia à frente deles, iluminado por fileiras de tambores com tochas.

Os três saíram do carro, que ficou com os faróis ligados. Ele puxou o zíper da jaqueta para proteger-se do vento. O delegado Rabelo esfregou as mãos e olhou para o investigador:

Traz o Baianinho pra cá, Lino.

O investigador caminhou até a parte traseira do carro, abriu o porta-malas e ajudou um rapaz a sair, conduzindo-o para perto dos faróis.

Baianinho era pequeno, magro, quase um menino. Tinha o rosto deformado por hematomas. Estava algemado e descalço. E muito assustado.

O delegado se adiantou:

Esse é o Baianinho. O vagabundo que matou a Marina.

Ele estremeceu ao ouvir o nome da filha. Vinte dias antes, um telefonema dera início ao pesadelo. Marina voltava da faculdade e, ao parar num semáforo, houve uma tentativa de assalto e ela foi baleada na cabeça. A menos de quinhentos metros de casa.

O delegado tirou uma corrente com um pingente do bolso.

Olha o que estava com ele.

Eu já falei que ganhei isso aí, doutor. Não tenho nada a ver com esse lance, não, Baianinho disse, sem levantar a cabeça.

O delegado pegou a pistola no cinto.

E isso aqui? Você também ganhou?

Mostrou a arma ao irmão.

Foi com esta pistola que ele atirou. A gente já checou.

Ele pegou a corrente da mão do delegado, examinou-a. Presente dado à filha no dia em que ela completou dezoito anos. Ele olhou para Baianinho, tentou encará-lo.

Por que você atirou nela?

Baianinho se manteve em silêncio, os olhos numa lata enferrujada no chão. E recebeu um tapa na cabeça, desferido por Lino.

Responde, filho da puta.

O rapaz levantou os olhos e ele notou que havia lágrimas ali. E também medo e raiva.

Ela tentou dar o pinote. Eu assustei e o berro disparou.

O delegado falou:

Não entra nessa conversa dele. O Baianinho já matou antes, é bandido velho, escapou não-sei-quantas-vezes.

Quantos anos você tem?, ele perguntou.

Baianinho baixou a cabeça outra vez. Lino respondeu por ele:

Ele diz que tem dezessete, mas já deve ter completado dezoito. Está mentindo porque sabe que a coisa vai ficar pesada pra ele agora.

Ele fechou a mão, apertando a corrente e o pingente. Então se virou para o irmão.

O que você vai fazer?

O delegado destravou a pistola. Você é quem vai fazer.

Rabelo fez o irmão segurar a arma e levantou seu braço.

Atira na cabeça dele.

O cheiro do aterro parecia ter desaparecido. Ele olhou para o rapaz, que tremia muito, e depois para a arma em sua mão, a primeira que segurava na vida. E percebeu que também estava tremendo.

Vamos, atira de uma vez, o delegado falou.

Ele baixou o braço.

Não posso fazer isso.

Porra, como não pode?, o delegado berrou. Este vagabundo matou a Marina.

Não posso, ele repetiu.

É o assassino da sua filha.

Quero ir embora daqui, ele disse.

É por isso que esta merda está do jeito que está. Ninguém tem coragem de fazer o que tem que ser feito.

Foi tudo muito rápido. Com um movimento brusco, o delegado tomou a arma de sua mão e empurrou Baianinho para fora da área iluminada pelos faróis. Ele teve tempo de virar o rosto. Ouviu um estalo seco e um grito. E, em seguida, o baque do corpo tombando no chão.

O delegado abriu a porta do carro.

Tire as algemas dele, Lino. E vamos embora. Os caminhões de lixo não vão demorar pra chegar.

Na volta para a cidade, nenhum dos três disse uma palavra. O delegado Rabelo só falou quando estacionaram em frente ao edifício.

Por que você não atirou?

Ele encarou o irmão. Estava se sentindo muito cansado.

Isso não ia trazer a Marina de volta.

Nada vai trazer a Marina de volta, o delegado disse. Mas é um vagabundo a menos no mundo. Esse não vai mais matar a filha de ninguém.

Ele pensou em Cecília, a filha do irmão, dois anos mais nova que Marina. As duas se adoravam — Cecília ainda estava transtornada com a morte da prima. E ficou com vontade de perguntar se o irmão iria contar a ela que havia encontrado o assassino e o que tinha feito com ele. Em vez disso, falou:

Tem outros Baianinhos soltos por aí.

Tem mesmo, o delegado disse. Mas se depender de mim, a vida deles é curta.

Ele ficou algum tempo olhando para o rosto do irmão, sem dizer nada. Então saiu do carro, fechou a porta e subiu as escadas da entrada do edifício.

Quando chegou em casa, assustou-se com a mulher deitada no sofá da sala, na penumbra, diante da televisão sem som. Sentou-se ao seu lado e, depois de tirar a jaqueta, colocou as mãos no rosto e começou a chorar.

3. ZÉ MÁRIO

Olhos baixos, mãos no colo, a velha parecia cochilar. O delegado Rabelo se levantou da poltrona e esticou os braços, num alongamento. Suas pernas formigavam. Neide acompanhou os movimentos com atenção. Rabelo a encarou.

Ela havia falado pouco enquanto estavam ali. Teve uma hora em que se ergueu do sofá e avisou que ia ao banheiro. O delegado achou curioso: Neide não pedira autorização, mas comunicara que iria ao banheiro. Uma fera, o delegado calculou. Ele sorriu: admirava pessoas que não se intimidam diante de situações adversas.

Sobre a mesa, intocados, estavam dois dos sanduíches que, horas antes, Lino fora buscar numa padaria próxima. Só ele e o delegado tinham comido.

O investigador continuava atento à janela, irritado pela ideia de que aquela era uma espera inútil. A dor de dente voltara a incomodar.

Esse dente está me matando, ele disse, no momento em que Rabelo se aproximou.

Acho engraçado: vocês deixam o dente ficar bem fodido e só então se lembram do dentista.

Ao ouvir o comentário, Lino mentalmente mandou o delegado à merda. E perguntou:

Será que o Zé Mário vem mesmo?

Ele vai chegar a qualquer momento, o delegado disse, puxando a cortina e observando a rua mal iluminada. Ele só estava esperando escurecer.

Acho que eu não vou aguentar, doutor. Preciso ir até uma farmácia pra buscar remédio.

Agora não vai dar, Lino. E se o Zé Mário aparecer acompanhado?

Lino esfregou o rosto.

Porra, doutor, é que tá doendo muito.

A velha se levantou do sofá e assustou os dois com sua voz grossa.

Posso pegar um remédio pra ele na cozinha?

O delegado assentiu. Quando retornou à sala, a velha entregou um punhado de folhas secas a Lino.

Mastigue isso. A dor vai passar.

O investigador examinou as folhas e, quando as colocou na boca, viu que o delegado estava rindo.

Cuidado, Lino. E se for veneno?

Lino disse: Foda-se. E pensou: Para acabar com a dor, mastigaria até uma granada naquele momento.

Primeiro, o investigador sentiu um gosto amargo. E não demorou muito para que suas gengivas e língua ficassem anestesiadas, amortecendo a dor.

Funcionou?, o delegado perguntou.

Lino confirmou com um movimento de cabeça e continuou mastigando. Olhou para a velha, mas ela retornara à sua posição no sofá, de olhos baixos.

Ótimo, o delegado falou. Agora fique atento nesta janela. Eu não quero que o Zé Mário pegue a gente de surpresa.

O delegado Rabelo estava em início de carreira quando prendeu Zé Mário, um ladrão de carros procurado em todo o estado, pela primeira vez. Era o começo de uma rixa pessoal entre os dois. Interrogado no distrito, Zé Mário provocou o delegado, dizendo que, com os advogados que tinha, não ficaria muito tempo preso. Tomou uma bofetada que o derrubou da cadeira.

Rabelo esqueceu o incidente; Zé Mário, não. Tanto que a primeira coisa que fez seis meses depois, ao sair da cadeia num esquema de fuga facilitada, foi executar um ousado plano de vingança. E humilhou o delegado.

Na segunda vez que se encontraram, o delegado Rabelo estava decidido: iria matar Zé Mário. A chance surgiu durante um cerco policial à chácara em que a quadrilha se escondia. No tiroteio, Zé Mário foi baleado cinco vezes. O problema é que uma equipe de TV acompanhava a ação e o delegado não pôde dar o tiro de misericórdia no ladrão, quando os sobreviventes da quadrilha se renderam.

Lino se lembrava bem do episódio: estava ao volante da viatura em que Zé Mário foi colocado, para ser levado ao hospital.

Saíram da chácara em grande velocidade, com a sirene ligada. Só que, na estrada, o delegado mandou que ele reduzisse a marcha — e, mais à frente, que parasse numa churrascaria, onde os dois almoçaram. Lino lembrava que comeu sem apetite, pensando no ladrão perdendo sangue na parte traseira da viatura. Também lembrava que só chegaram ao hospital três horas depois. E não iria se esquecer nunca da expressão de frustração no rosto do delegado quando um médico se aproximou no corredor do hospital e anunciou: Tenho más notícias, delegado. Ele vai sobreviver.

Lino estava tão imerso nessas lembranças que teve um sobressalto ao ouvir o assobio longo vindo da rua. O delegado colou seu corpo à parede, segurando com as duas mãos a automática levantada. Neide e a velha se abraçaram e se encolheram no sofá.

O investigador espiou pela fresta da cortina, escutou vozes e risadas e, em seguida, viu o grupo de rapazes passando em direção à subida do morro. Então relaxou.

Não é nada, doutor. São só uns moleques.

Rabelo se aproximou da janela e acompanhou a passagem do grupo. Ele sabia que Zé Mário era ardiloso e imaginou se aquilo não seria uma armadilha. Nenhum dos rapazes olhou na direção da casa, mas isso não serviu para tranquilizá-lo.

Nesse momento, a velha se levantou e perguntou se podia ir até a cozinha para beber água.

Pode, o delegado disse, ainda tenso e atento à rua.

Tô achando que ele não vai aparecer aqui, Lino comentou.

O investigador falava com dificuldade, por causa da boca anestesiada. Parecia a fala de um bêbado.

Vai, sim. E desta vez ele não escapa.

Ao dizer a frase, o delegado se voltou para Neide e teve a impressão de que havia uma espécie de satisfação em seu rosto. Quase o início de um sorriso. E compreendeu na hora o que estava acontecendo.

A velha, caralho!

Rabelo correu para a cozinha e descobriu a porta que conduzia ao quintal aberta. Ele gritou para Lino ficar de olho em Neide e também saiu, de arma em punho. O delegado passou por um dos vãos da cerca, a tempo de ver a velha entrando numa rua no meio da ladeira.

Filha da puta, ele gritou, enquanto subia apressado.

A viela era escura, os barracos, parecidos. O delegado caminhou com cautela, tentando adivinhar em qual deles a mulher se enfiara. A não ser por sua respiração ofegante, tudo estava silencioso, o que o perturbava.

Um ruído de madeira rangendo atraiu sua atenção para um barraco à sua esquerda. Rabelo teve a sensação de que alguém o observava por uma fresta. A velha.

Então ele respirou fundo, meteu o pé na porta e entrou.

Lino ouviu o barulho do que lhe pareceram tiros e voltou à janela, com o revólver engatilhado. A possibilidade de que Zé Mário chegasse acompanhado naquele momento o deixava apavorado. E o merda do delegado que não aparecia? Por causa dele, pensou, tinha entrado numa fria. Resolveu sair dali. Se fosse necessário, usaria a mulher como escudo.

Vamos embora daqui, ele disse.

Neide se levantou, os olhos fixos na arma que o investigador apontava para ela.

Eu preciso passar no banheiro.

Você está me achando com cara de otário?, Lino riu. Já não chega o que a velha aprontou?

É sério, tô apertada.

Ele avaliou a situação por um momento. Então empurrou a mulher em direção ao banheiro.

Tá bom, vamos logo com isso. Mas vou avisando: se você fizer alguma besteira, eu passo fogo, o.k.?

Neide entrou no banheiro, acendeu a luz e, ao tentar fechar a porta, encontrou o corpo do investigador bloqueando-a.

Nada disso. Eu não vou tirar o olho de você.

Percebendo que seria inútil protestar, a mulher enfiou as mãos sob o vestido e baixou a calcinha, sentando-se na privada. Em seguida, puxou o vestido, impedindo que Lino visse alguma coisa além de seus joelhos.

Apoiado no batente da porta, o investigador escutou o ruído de um jato forte de urina. Olhou para Neide, mas ela evitou encará-lo.

Lino tocou a ponta do nariz, que também estava amortecido. Quando a velha voltasse com o delegado, ele pensou, precisava lembrar-se de perguntar a ela o nome da planta cujas folhas tinha mastigado.

Isso, porém, não chegaria a acontecer. Porque, nesse momento, o cano de uma arma foi encostado em sua cabeça. E um clarão atravessou seu cérebro. E tudo ficou escuro.

Zé Mário tinha disparado à queima-roupa. Lino girou o corpo num semicírculo e tombou para trás. E já estava morto antes mesmo de tocar o chão do banheiro.

Enquanto Zé Mário agarrava Neide, que gritava e se debatia, dois rapazes entraram na casa. Um deles agachou-se e examinou de perto o rosto do investigador.

É esse mesmo, ele disse. Foi esse o cara que eu vi na porta do seu quintal hoje cedo.

Os idiotas acharam que eu ia entrar numa arapuca dessas.

Vamos cair fora, Zé, o outro rapaz falou. Não vai demorar pra isso aqui ficar cheio de polícia.

Abraçada a Zé Mário, Neide não conseguia controlar o tremor de seu corpo.

E sua mãe?, ela perguntou. O delegado saiu atrás dela.

Não se preocupe, ela está bem, Zé Mário disse, conduzindo a mulher para fora do banheiro. E o delegado a essa hora já deve ter chegado no inferno.

Quando arrombou a porta do barraco, o delegado Rabelo viu-se no meio de um cômodo abafado, iluminado apenas por um lampião. Havia sete ou oito homens sentados, compartilhando um cachimbo de crack. Todos armados.

Por uma fração de segundo, Rabelo imaginou ter visto Zé Mário entre os homens. Mas não conseguiu confirmar isso. Teve tempo apenas de compreender que cometera um erro terrível e que tudo estava perdido.

4. VIZINHOS

O delegado Rabelo era um homem muito irritado naquele final de tarde, quando a viatura o deixou na porta do edifício em que morava. Ele nem respondeu ao cumprimento do porteiro, limitando-se a tomar de suas mãos o pacote de correspondências.

Horas antes, ao sair da cantina em que habitualmente almoçava, Rabelo descobriu que seu carro fora roubado. Um carro novo, que estava com ele havia apenas três meses. Isso servira de assunto para piadas e risinhos no distrito durante a tarde inteira. Para piorar, quando o telefone tocou sobre sua mesa, o delegado reconheceu no ato a voz de quem falava.

E aí, doutor, ficou a pé?

Você vai morrer, seu filho da puta, o delegado disse.

E ouviu o som da gargalhada de Zé Mário, seguido de um clique que interrompeu a ligação.

Eu vou te matar pessoalmente, Rabelo berrou e bateu o telefone.

Quando ergueu a cabeça, ele notou que, atraídos pelos gritos, Lino e mais dois investigadores o observavam da porta da sala. O delegado sabia que revelar a eles quem havia telefonado só iria aumentar o repertório das gozações. Então olhou para os investigadores e perguntou:

O que foi?

Os três se entreolharam e se afastaram sem dizer nada. Rabelo pegou uma folha de papel sobre a mesa, amassou e jogou-a com raiva no cesto de lixo. A partir daquele momento, matar Zé Mário passava a ser sua prioridade. Mais que isso: sua obsessão.

Ao entrar no elevador, Rabelo olhou para seu rosto no espelho: as entradas em seu cabelo pareciam maiores. Iria ficar calvo como o pai e o irmão mais novo?

O delegado ainda pensava no irmão quando chegou ao seu andar. A morte da filha, assassinada num assalto uma semana antes, tinha feito dele um velho. Do dia para a noite. O irmão era um homem esmagado pela dor. No distrito, os investigadores falavam de uma pista quente, fornecida por um informante, que podia levar ao assaltante em questão de dias. Rabelo avisara à equipe: queria o assaltante vivo. Tinha planos para ele.

O delegado estava colocando a chave na porta de seu apartamento quando sentiu o cheiro no corredor. Um odor estranho. Ele retirou a chave da porta e aspirou de novo. Parecia maconha.

Rabelo se lembrou do rapaz cabeludo que se mudara havia alguns meses para o apartamento vizinho ao seu. Um músico, de acordo com os comentários que andara ouvindo no prédio. Ele achou que aquela era uma excelente oportunidade para apresentar suas credenciais. E precisou tocar duas vezes a campainha antes de ser atendido.

Pois não, o rapaz que abriu a porta parecia assustado.

Vestia uma camiseta de cor berrante, uma calça larga e estava descalço, com o cabelo crespo preso num rabo de cavalo. Rabelo saboreou aquilo. E demorou alguns segundos para falar: Sou seu vizinho.

Ah, o rapaz estendeu a mão, que o delegado apertou com firmeza. Muito prazer, Carlos.

Mão lisa, de quem nunca pegou no pesado, Rabelo pensou.

Eu estava chegando em casa e senti um cheiro estranho no corredor...

Cheiro?, o rapaz franziu a testa.

É, um cheiro de coisa queimada.

Carlos estudou o rosto de Rabelo por um instante. Então sorriu.

Já sei. Deve ser isso.

Ele abriu um pouco mais a porta e indicou a vareta fumegante apoiada sobre a televisão.

O delegado ficou confuso e não soube definir se aquele cheiro era o mesmo que sentira no corredor. E enquanto fingia aspirar, aproveitou para examinar o apartamento. Não havia móveis, só almofadas espalhadas pela sala. Até o telefone ficava no chão. Pôsteres de cantores de rock decoravam as paredes e num dos cantos estava encostado um violão. Coisa de hippie, o delegado pensou, gente que ele detestava.

Eu gosto de incenso, Carlos falou, acho que deixa um astral legal no ambiente.

Rabelo olhou para o pacote de correspondências que tinha na mão, como se ali estivesse a frase que iria dizer. Mas, na verdade, essa era uma pausa estudada, que ele sempre utilizava nos interrogatórios do distrito.

É o seguinte, Carlos: eu sou delegado de polícia. Como somos vizinhos, eu resolvi me apresentar. De repente, você pode precisar de alguma coisa...

O rapaz sorriu:

O ideal é nunca precisar da polícia, não é assim?

É, mas a gente nunca sabe o que pode acontecer... Bom, se você precisar é só me procurar, certo?

Depois que Rabelo se despediu, o rapaz fechou a porta e ficou parado na sala, pensando no personagem que acabara de conhecer. Até que uma voz feminina chamou por ele.

Carlos entrou no quarto rindo muito. E continuava rindo quando desabou ao lado da menina no colchão, que estava apoiado diretamente sobre o carpete. Ela usava somente camiseta e calcinha e olhou com curiosidade para o rapaz.

O que foi?

Não, Cecília, você nunca seria capaz de adivinhar quem é que esteve aí. Seu pai.

Puta que pariu, a menina endireitou o corpo, recostando-se numa almofada. O que ele queria?

Nada, Carlos disse. Veio se apresentar.

Meu Deus, já pensou se ele me pega aqui?

Melhor ainda: e se ele te pega fumando aquele baseado?, o rapaz perguntou, apontando o cigarro apagado no cinzeiro. O que você acha que ele faria?

Não quero nem pensar nisso, Cecília disse, fez uma careta e consultou o relógio. Daqui a pouco eu preciso ir pra casa. Meu olho tá muito vermelho?

GENTE ÁSPERA

Era gente de poucas palavras, rara nos afetos. Por exemplo: nunca vi duas pessoas daquela família trocarem um abraço.

Uma tarde, Dinho, o mais velho, estava sentado na escada que leva ao quintal da casa deles, tomando a fresca, como eles gostam de falar. Edu, o irmão do meio, sentou-se ao seu lado.

(Pode-se achar corriqueiro um irmão sentar-se ao lado de outro num fim de tarde — magnífico, diga-se. Mas ali, entre os dois, isso poderia ser classificado como um acontecimento inusitado. Mal se falavam. A maior afinidade existente entre eles era o fato de torcerem para o mesmo time.)

Edu começou: Sabe a Ludmila?

Dinho se voltou. Estava de camiseta sem mangas, gostava de exibir os músculos dos braços. Que que tem ela?

Edu olhou de lado, para o velho galinheiro que a mãe

tinha transformado em santuário para seus vasos e plantas: Faz tempo que tô pra te perguntar uma coisa.

Pode falar.

Edu manteve os olhos nos antúrios, nas samambaias, avencas e outras plantas das quais não sabia o nome: Como é que você reagiria se visse a Ludmila com outro?

Não é uma coisa que eu ia gostar de ver. Dinho fez cara de quem estava imaginando a cena. Cara feia.

O que eu quero saber é se você iria sofrer.

Falar em sofrimento com Dinho é uma coisa complicada. Quando ele tinha uns doze anos, o pai foi baleado na frente dele, num tiroteio com a polícia. Morreu no quintal, segurando a mão do filho. O velho era bom: contam que foi ele quem inventou a técnica de sequestrar a família dos gerentes de banco para fazer o assalto usando somente um telefone.

Dinho balançou a cabeça: Acho que eu sofreria, sim.

Edu disse: Sei.

Era o intelectual da família, o único que usava óculos. Tinha lido muito. Me mostrou uma porção de livros e discos importantes e foi o primeiro cara que ouvi falando em jazz. Morriam de inveja dele: todo mundo dizia que ele tinha transado com a Margarete, talvez a criatura mais bonita produzida por aquele bairro, em geral lembrado por coisas e gentes que ficavam mais à vontade na página policial do jornal. De vez em quando ainda vejo o rosto dela em anúncios de revista. Continua maravilhosa. (Uma vez, por causa de uma propaganda de lingerie em que ela aparecia, esgotamos uma revista em todas as bancas da redondeza.) Edu nunca confirmou nem desmentiu a história com Margarete. Preferia viver cercado pela lenda. Que é o melhor negócio, por sinal.

Dinho estendeu o braço, como se fosse tocar o ombro do irmão. Mas a mão parou antes, pousada no degrau de cima da escada. Agora conta o resto. Você viu a Ludmila com alguém?

Edu riu. Um riso curto. Quase um esgar. Não, não vi. Faz tempo que não vejo a Ludmila.

Dinho ainda encarava o rosto ao seu lado, procurando um sinal. Mas tudo que viu foram as sardas no nariz, que o irmão tinha desde pequeno, e como estavam sujas, engorduradas, as lentes de seus óculos. Também riu: Então por que a pergunta?

É que estou escrevendo um livro. Edu levantou a cabeça: no céu azul-clarinho, um avião surgiu bem baixo, já com o trem de pouso acionado. Um inconveniente do bairro: os jatos passavam em processo de descida, fazendo tremer até a imagem das televisões.

Dinho recolheu o braço, coçou a barba que despontava no pescoço: Eu estou no seu livro?

Não é assim. O personagem passa por uma situação parecida. Estou fazendo um laboratório, entende?

Laboratório. Dinho pronunciou a palavra, achando engraçado que ela aparecesse naquela conversa. E se lembrou dos exercícios práticos de uma longínqua aula de ciências no ginásio.

É, laboratório. Quero saber como é na vida real.

Dinho capturou o odor agradável que subia de seu

tórax — tinha acabado de tomar banho. A mulher do seu livro é parecida com a Ludmila?

Ainda não resolvi isso. Edu notou o gato da vizinha investigando um canto do quintal tomado pelo mato, no local onde antigamente o pai cultivava uma horta. Por quê?

Por nada. Só pra saber.

Os dois ficaram em silêncio. Por tempo suficiente para que passassem mais dois aviões em direção ao aeroporto e para que o céu, depois de exibir um tom acinzentado, assumisse por completo a escuridão.

Então Edu se levantou e avisou que ia entrar, como se estivesse pedindo autorização ao irmão. O quintal tinha virado uma mancha alongada e imprecisa, contida pelo muro pintado de verde.

Dinho permaneceu sentado na escada até o momento em que os pernilongos começaram a incomodá-lo. Estava pensando em Ludmila. Fazia seis anos que não se encontravam. Desde a noite em que ele matara dois caras numa briga, durante uma festa de despedida de solteiro. Por isso estava na condicional.

Um dos mortos foi o sujeito que iria se casar. O irmão de Ludmila.

Ela era ruiva, legítima, em cima e embaixo. E seus mamilos eram cor-de-rosa, clarinhos. Dinho nunca mais vira nada igual.

Quando Dinho entrou na cozinha, a mãe jantava em companhia de Cesinha, o caçula. Edu havia saído.

Dinho pegou um prato, serviu-se diretamente das panelas sobre o fogão e sentou-se à mesa. Comeu de cabeça baixa, evitando olhar para o irmão. Ouvir os ruídos que ele produzia ao mastigar já era o bastante. Dinho sabia que, se olhasse para o babador respingado de comida que Cesinha usava, perderia o apetite.

Cesinha não batia bem da cabeça. Desde pequeno. Em geral era inofensivo e todos no bairro gostavam dele. Mas às vezes se rebelava: recusava banho e remédio. Nessas ocasiões era levado para o Instituto Allan Kardec, o sanatório. Passava uma temporada lá e voltava bom. Bom, não — mais calmo.

Dinho acabou de comer e se levantou para colocar o prato na pia. Cesinha arrotou. Alto.

Dinho se voltou e o encarou. Cesinha estava sorrindo, uma falha de dois dentes no maxilar inferior, e o observava fixamente. Era o mesmo olhar que Dinho recebia, no tempo em que eram mais novos, depois de entrar em alguma briga para defender Cesinha dos outros garotos do bairro.

Os dois irmãos continuaram se olhando. Até que um fio de saliva turva escorreu do canto da boca de Cesinha para o babador, deixando um rastro na barba mal escanhoada de seu queixo. Dinho foi para o seu quarto, fechou a porta e estirou-se na cama, na penumbra.

Não estava mais pensando em Ludmila. Ao menos de forma direta. Seu interesse naquele instante era o livro que o irmão dissera estar escrevendo. Dinho tentava imaginar que desfecho Edu daria àquela história.

E não precisou ler o livro para saber.

Naquela noite, Edu acertou dois tiros em Ludmila, antes de colocar o cano do revólver entre os dentes e disparar contra o céu da boca. Tudo isso na porta da casa dela.

Já ouvi gente aqui do bairro comentar que Edu andava apaixonado por Ludmila. Outros afirmam que Edu teria descoberto que ela estava tendo um caso com Cesinha — e isso explicaria os sumiços dele nas tardes em que perambulava pelo bairro.

Boatos.

(É verdade que Cesinha piorou muito depois do que aconteceu e agora passa a maior parte do tempo confinado no Allan Kardec. Mas não dá para ter certeza de nada. Ludmila não fala — um dos tiros atingiu sua garganta. E nunca mais vai se levantar da cama: a outra bala estraçalhou sua coluna.)

Também já me contaram até que Dinho foi visitar Ludmila outro dia. E que ficaram apenas se olhando. E que ela chorou.

Pode ser que a explicação estivesse nos escritos de Edu, que, segundo eu sei, Dinho leu e queimou no mesmo dia em que o irmão foi enterrado.

Às vezes eu cruzo com Dinho num bar lá do centro. Ele ocupa sempre a banqueta na ponta do balcão e pede uma cerveja. Fica na dele, nunca fala com ninguém.

Uma vez, eu me sentei perto dele, com a ideia de puxar conversa. Afinal, a gente se conhece, nasceu e cresceu no mesmo bairro. Ele me cumprimentou com um movimento de cabeça e só disse alguma coisa quando lhe perguntei as horas.

Eu não estranho. Sei que é gente áspera, de poucas

palavras, rara nos afetos. Gente que nunca vi trocar um abraço.

    Acho que, no fundo, eles nunca tiveram motivo para isso.

CLINCH

PRIMEIRO ASSALTO

Abdala estava no chão, trabalhando com pesos. Acenei para ele e fui para perto do ringue, onde um rapaz negro trocava golpes com um sujeito barrigudo, ambos usando capacetes de proteção e camisetas encharcadas de suor. O grande Isidoro Contreras estava sentado na primeira fila e gritava instruções para o rapaz.

Sentei-me ao seu lado e comentei que o rapaz levava jeito. Contreras me olhou, levantando as sobrancelhas peludas. A gente não se via fazia uns três ou quatro anos.

Ele ainda tem muito o que apanhar, disse.

Um treinador exigente. Mesmo que o lutador estivesse no ponto, Contreras continuava cobrando, porque achava que o cara sempre podia dar mais. Era muito respeitado: tinha preparado dois meios-médios campeões sul-

-americanos e um campeão intercontinental na categoria cruzador.

O rapaz havia encurralado o adversário e tentava golpeá-lo na cabeça. O barrigudo estava com a guarda alta e parecia preocupado apenas em se defender. Mas, de repente, conseguiu encaixar um direto. Um golpe justo, que fez o rapaz recuar dois passos. Contreras deu um tapa na minha coxa:

Não falei? Falta malícia pra ele. E cadê a pegada? Ele não consegue finalizar.

O barrigudo percebeu que o rapaz tinha sentido o direto e partiu para cima dele com uma sequência de jabs. Contreras se levantou e bateu palmas: Descanso.

O rapaz se afastou em direção ao corner. Seu adversário veio para perto de onde eu estava e curvou o corpo, apoiando os braços nas cordas. Só então o reconheci: Emiliano.

A velha direita ainda funciona, eu disse.

Emiliano me cumprimentou erguendo a luva. Estava ofegante, respirando pela boca. Tínhamos quase a mesma idade, mas não a mesma barriga. Eu me cuidava.

Contreras borrifou dois goles de água na boca do rapaz. E iniciou seu esporro: Tá gostando de tomar na cara, malandro? É isso? Então é melhor parar e procurar um curso de corte e costura.

Eu sorri. O começo da bronca ainda era o mesmo dos meus tempos. Perguntei a Emiliano quem era o rapaz.

Contreras viu ele brigando na rua, batendo em três sujeitos bem maiores. Sabe o que o velho diz?

Olhei para os dois. Contreras havia entrado no ringue e agora falava manso, a mão no ombro do rapaz, parecia um pai dando conselhos para o filho predileto.

Vive repetindo que é a maior promessa que já entrou neste ginásio, Emiliano disse, o suor escorrendo pelo pescoço. Fora você, é claro, ele completou, e tocou meu ombro com a luva.

Contreras me viu lutando num torneio da forja de campeões. Eu nem tinha ido tão bem naquela noite. Meu adversário era um italianinho troncudo, duro na queda. E com uma esquerda pesada pra diabo. Mas no terceiro assalto, aproveitei um vacilo dele e coloquei um cruzado preciso, que o mandou para a lona. Quando cheguei ao vestiário, Contreras estava me esperando. Disse quem era — como se precisasse, eu havia assistido a várias de suas lutas, ele era um dos meus ídolos — e perguntou se eu não estava interessado em brigar por uma das vagas na equipe brasileira que iria para a Olimpíada.

Eu tinha dezessete pra dezoito anos. Adorava o boxe, mas gostava também de uma boa farra.

Topei o convite e passei a ser treinado por Contreras. Foi a primeira e última vez que ele se envolveu na preparação de um lutador para disputar uma vaga olímpica. Nessa época, conheci Edna, que teve tudo a ver com o que aconteceu.

Contreras desceu do ringue e gritou para Emiliano: Vamos lá, homem. Você precisa queimar essas gordurinhas.

Em seguida, voltou para seu lugar na primeira fila de cadeiras. Fiz o mesmo.

O rapaz parecia ter assimilado bem as instruções de Contreras, pois passou a movimentar-se fora do alcance de Emiliano, sem deixar de golpeá-lo com velocidade. Tinha encontrado a distância correta para lutar.

Abdala se aproximou bem no momento em que o rapaz levava Emiliano para as cordas, golpeando sua linha de cintura.

Ele está baixando muito a cabeça, eu disse. Vai tomar outro direto do Emiliano.

Vai nada, Abdala opinou. O Emiliano está muito pesadão. Olha só a barriga dele. Cerveja demais.

Bastou eu trocar um olhar com Abdala para rirmos e recitarmos ao mesmo tempo: Bagunça, birita e buceta.

Eram os famosos "três bês" da cartilha de Isidoro Contreras, as três coisas que podem impedir um lutador de tornar-se um campeão. Contreras se voltou para nós. A brincadeira não tinha agradado.

Você é o maior exemplo disso, ele falou olhando para mim. Podia ter ido longe se não fosse irresponsável.

Eu e Abdala paramos de rir na hora.

Contreras repetiu: Bagunça, birita e buceta. Podem conferir: todo lutador que fracassa exagerou numa dessas coisas. E nenhuma delas vale a pena.

Edna era mais velha, já tinha sido casada quando a conheci. Dizer que eu estava apaixonado é pouco. Eu estava louco por ela. Uma dessas mulheres com quem você sempre aprende alguma coisa. Em especial aquelas coisas que já pensava saber. Minha rotina era: do ringue para a cama dela, da cama para o ringue.

Nas eliminatórias para a Olimpíada, venci os quatro primeiros adversários por nocaute. Todos no primeiro assalto. Eu estava tinindo. Aí, chegou o dia da final. Eu tinha passado a noite anterior com Edna, praticamente sem dormir. No ringue, não achei meu adversário, um sujeito vesgo, uns dois palmos mais alto do que eu. Ele era forte e rápido, e eu parecia lutar em câmara lenta. Quando tentei um clinch, ele me acertou uma cabeçada que, apesar da proteção do capacete, abriu meu supercílio. A partir desse momento, com o sangue me atrapalhando a visão, ele bateu à vontade. Caí no começo do segundo assalto. Edna estava na plateia. E me contou que, ao passar por ela depois da luta, Contreras dissera: Parabéns. Segundo Edna, ele estava com lágrimas nos olhos.

Eu e Abdala ainda permanecemos por mais algum tempo observando o treino. Os golpes do rapaz passavam com facilidade pela guarda de Emiliano, sem causar grande estrago, contudo. No passado, Emiliano fizera sucesso: tinha disputado duas finais da forja e perdido ambas por pontos, uma delas num resultado bastante contestado. E fora, por uns tempos, um dos *sparrings* do grande Miguel de Oliveira. Era experiente. Quando os golpes do rapaz o incomodavam além do tolerável, ele apelava para o clinch, interrompendo a luta. Aquilo ia demorar. Contreras estava certo: o rapaz não tinha pegada.

Abdala foi para o vestiário. Antes de acompanhá-lo, eu disse para Contreras: Qualquer hora eu apareço pra fazer uns treinos. Vou ensinar pra esse moleque o que é pegada.

Conversa, Contreras me olhou, sério. Você não passa do primeiro assalto com ele.

Fui para o vestiário pensando que talvez ele estivesse certo. Eu podia estar enxuto, mas agilidade e velocidade iam me fazer falta se eu subisse num ringue. Sentei-me na mesa de musculação enquanto esperava Abdala terminar o banho.

Quer dizer que esse moleque é a grande esperança do Contreras?

Você sabe como o velho é, Abdala falou. Praticamente adotou o rapaz. Você acredita que botou ele até para fazer o supletivo?

É, mas falta *punch* pra ele. E isso ou o cara tem ou não tem, você sabe que não dá pra ensinar.

Abdala saiu do chuveiro e se enxugou usando uma toalha com um logotipo desbotado. Uma relíquia dos bons tempos daquela academia.

Resolvi entrar no assunto: E então, Turco, tudo certo?

Claro, ele respondeu. Você não me viu com os pesos? Estava aquecendo os músculos.

Quando começamos a repassar o plano, Abdala perguntou: A gente vai poder quebrar algum osso?

Não, respondi. O cliente pediu pra gente não exagerar.

O cliente era o dr. Seixas, dono de uma grande transportadora, que havia me contratado para dar uma surra no próprio sócio. Ele queria mandar um recado ao sujeito. Contei isso para Abdala.

E o que esse sócio aprontou, está roubando a empresa?

Não, ele cantou a mulher do dr. Seixas, eu disse.

Abdala me encarou: Cantou ou já está dormindo com ela?

O que você acha, Turco? Deve estar dormindo com ela, mas isso o dr. Seixas não ia me contar, não é?

Quer dizer, virou sócio de cama também, Abdala disse, balançando a cabeça. Já pensou? Imaginar que outro está comendo a mulher da gente? Ah, eu matava o cara. Você também não faria isso?

Assim que terminou a frase, Abdala franziu a testa, ficou sem graça. Havia se lembrado de Edna.

Desculpe, ele disse.

Eu falei que estava tudo bem, que aquilo era passado. Mas não falei que ainda doía.

Um dia, na cama, Edna se virou para mim e anunciou que aquela era a nossa última vez. Explicou que tinha reatado com o ex-marido e ia voltar com ele para Minas. Nossa ruptura começou no dia em que ela me contou que estava grávida. Eu não queria um filho naquele momento, achava que poderia atrapalhar minha carreira. Depois que ela abortou, nós nunca mais fomos os mesmos.

Ao se despedir, Edna disse que eu era novo, que iria achar alguém da minha idade e seria feliz. *Feliz*. Afundei com vontade nos "três bês" da cartilha do grande Isidoro Contreras. E abandonei o boxe.

No carro, Abdala disse: Quer saber? Se eu fosse esse dr. Seixas, matava o sócio e pronto. Resolvia o problema de uma vez.

Ele não pode fazer isso. É o sócio quem sabe das coisas na transportadora. Sem ele, a empresa fecha rapidinho, entendeu? O dr. Seixas gosta de bancar o empresário, mas não passa de um enfeite lá.

E por que ele não larga da mulher então?

É ela quem tem dinheiro.

Porra, que sinuca. Abdala juntou as mãos e estalou os dedos. Bom, então vamos dar o nosso recado para esse cara.

Parei o carro numa rua escura, de onde podíamos acompanhar a movimentação no estacionamento da transportadora. Eu tinha estudado o local e conhecia a rotina do cara. Todos os dias, ele era um dos últimos a sair da empresa — não sei como arrumava tempo pra comer a mulher do dr. Seixas.

Você precisa passar na academia num sábado desses, Abdala disse. O pessoal da velha guarda está sempre por lá: o Moacir PM, o Carlão, o Dirceu, o Júlio. Aparecem até umas meninas para assistir ao nosso vale-tudo.

O Júlio está bem?

Júlio era um japonês parrudo, que começara no boxe na mesma época que eu. Era rápido e valente. Um casca grossa, como dizíamos. Enfrentou um argentino que havia estado entre os dez no ranking e acabou em coma por três dias. Depois disso, não foi mais em frente.

O Júlio está firme, Abdala respondeu. Forte como um cavalo. Sempre pergunta por você.

Diga que mandei um abraço.

Nesse momento, o portão do estacionamento da transportadora se abriu e eu reconheci o carro que saía.

Ó o nosso homem, eu disse, e Abdala esfregou as mãos.

Deixei que nosso alvo se afastasse um pouco e então dei a partida. Segui-o à distância por algum tempo — o bairro concentrava um grande número de empresas, as ruas estavam desertas. Quando ele dobrou à direita, desliguei os faróis e acelerei.

Vamos lá, Turco, eu disse.

Abdala sorriu. Parecia um bicho excitado.

INTERVALO DO PRIMEIRO PARA O SEGUNDO ASSALTO

Fui a Minas uma vez, atrás de Edna. Consegui o endereço com uma prima dela, que gostava muito de mim.

Era uma cidade pequena, sossegada, com ruas arborizadas e coreto na praça principal. Dirigi devagar, observando as crianças que brincavam num parquinho com escorregador e balanços. Até que me afastei um pouco do centro e cheguei a uma rua sem saída, na parte alta da cidade. Era ali que Edna e o marido viviam.

Estacionei e saí do carro para examinar a casa. Um velho de boné, camiseta e calção regava uma horta bem cuidada, que ocupava o espaço do jardim no sobrado vizinho. Ele levantou a mão e me cumprimentou com simpatia.

Fiquei parado diante do portão, criando coragem. Eu não sabia direito o que iria dizer a Edna, sabia apenas que precisava conversar com ela.

Eu estava quase desistindo, quando o marido saiu da casa. Ele me reconheceu — Edna devia ter falado de mim — e perguntou o que eu estava fazendo ali.

Eu quero conversar com a Edna.

Ela não tem nada para conversar com você, ele disse, aproximando-se do portão.

Era um sujeito baixo e magro. E usava óculos. Um autêntico peso-pena.

Ele falou que era melhor eu ir embora, para evitar confusão.

Eu insisti, dizendo que só sairia dali depois de falar com Edna.

Além do muro, o vizinho interrompeu seu trabalho e cruzou os braços, passando a acompanhar a cena com atenção.

O marido se voltou e olhou para a porta da casa. Achei que ele iria pedir para Edna vir até o portão. Mas, ao girar o tórax, ele aproveitou o movimento para dar mais potência ao soco que me acertou no queixo.

O efeito do golpe foi mínimo: não me afastei um milímetro do lugar. Ele, porém, se curvou e gemeu, segurando o pulso. Com certeza tinha quebrado a mão.

Por instinto, cerrei os punhos. Mas não sei se teria batido naquele sujeito. E nunca vou saber. Porque, de repente, ele caiu no chão, com a boca espumando, e seu corpo inteiro começou a tremer. O filho da puta era epilético.

O vizinho saltou o muro com agilidade e agachou-se para socorrê-lo. Vi a porta da casa abrir-se e Edna apareceu.

Estava linda. Tinha cortado o cabelo bem curtinho e seu rosto parecia mais cheio. E o vestido que usava, apesar de folgado, não disfarçava sua enorme barriga.

Aquilo me deixou sem ação.

Edna juntou-se ao vizinho e, segurando a cabeça do

marido, removeu seus óculos e ficou acariciando seus cabelos. Ele continuava se debatendo enquanto ela repetia que estava tudo bem.

O velho me encarou: Você não sabe que o homem é doente?

Aos poucos, a convulsão foi sendo superada, até que o marido se acalmou por completo. E permaneceu imóvel, com a cabeça nos braços de Edna. Dormia. Ela nunca havia me olhado da maneira como olhava para o marido naquele momento.

Então Edna levantou a cabeça e me chamou de covarde. E a raiva que havia em seu rosto era bem diferente da que eu sentia no ringue ao olhar pela primeira vez os adversários que iria enfrentar.

O que eu fiz? Entrei no carro e dirigi direto até São Paulo.

NOCAUTE

Nem tivemos o gostinho de experimentar o sofá da sala de espera: assim que entramos na transportadora, a secretária nos conduziu à sala do dr. Seixas. Era uma coroa enxuta e usava um perfume tão adocicado que só por milagre um enxame de abelhas não passava o dia voando atrás dela.

O dr. Seixas estava em pé, mexendo na gaveta de um arquivo. Ele mandou a secretária sair da sala e fechar a porta. (Ela obedeceu; seu perfume, não.) O dr. Seixas era o cara mais mal-humorado que eu conhecia.

Tudo bem?, eu perguntei, para começar um papo.

Tínhamos passado para pegar a grana.

Seu bosta incompetente, ele rosnou e bateu com força a gaveta do arquivo. Você fez uma puta cagada.

Eu me virei para Abdala e ele me olhou com a mesma cara de cu que eu devia ter naquele momento. Na hora pensei: Pronto, o Abdala matou o sujeito. Mas não era possível: a surra não tinha sido tão pesada.

Ultrapassei o cara na rua estreita e dei uma senhora fechada. Abdala voou para fora do carro. O sócio do dr. Seixas estava abrindo a porta, achando que era um assalto.

Pode levar o carro, ele disse.

Não quero seu carro, babaca, Abdala berrou.

E acertou uma daquelas bofetadas de deixar o camarada ouvindo som de telefone ocupado por pelo menos uma semana.

Único problema: o cara estava segurando uma chave de roda ao lado da perna. E bateu firme com ela.

Abdala urrou. E partiu com tudo para cima dele.

Eu tinha que ficar de olho na rua e não pude acompanhar direito. Só vi o final, quando o cara já estava no chão. Abdala disse que aquilo era para ele aprender a não bancar o garanhão com a mulher dos outros e acertou um chute caprichado em seu rosto.

Você ainda tem a coragem de me perguntar se está tudo bem?, o dr. Seixas disse.

Uma veia grossa se destacava em seu pescoço.

Explique-se, eu falei. Tinha visto um gângster dizer

isso num filme na TV e de vez em quando usava essa frase. De molecagem.

O dr. Seixas me encarou. Puto da vida.

Você pegou o homem errado. Você quase matou o meu cunhado.

Que merda! Abdala disse, rindo às minhas costas.

Ligaram do hospital de madrugada, o dr. Seixas disse. Meu cunhado está na UTI com o baço rompido. Minha mulher quase ficou louca. Ela adora o irmão.

Abdala repetiu: Que merda!

Mas... O carro, eu disse. Era o carro dele...

Como é que alguém pode ser tão estúpido? Você não percebeu que todos nós usamos o mesmo tipo de carro?

Gotas da saliva do dr. Seixas bateram no meu rosto.

Odeio que me chamem de estúpido. Mas resolvi deixar passar — eu precisava muito daquele dinheiro.

Eu disse: Vamos dar um jeito nisso: a gente pega o cara certo agora. Hoje à noite mesmo.

O dr. Seixas riu: Você é mais estúpido do que eu pensava. Se você encostar a mão no meu sócio agora, todo mundo vai desconfiar. Não, nada disso. O serviço acabou.

E a nossa grana?

Que grana?, o dr. Seixas se afastou um pouco e deu um tapa na mesa. Você faz uma cagada dessas e ainda quer receber? Nem fodendo.

Ele estava gritando, coisa que também odeio que façam comigo.

Pelo menos a parte do meu companheiro, eu disse. Ele não tem culpa, só fez o que eu pedi.

O dr. Seixas deu um pulinho. Nervoso, ele virava uma piada.

Fez, é? Então por que não roubaram alguma coisa do carro pra parecer um assalto? A polícia está achando essa história muito estranha. Imagine quando meu cunhado sair da UTI e conversar com eles. Vocês dois estão fodidos.

Se a gente se foder, você também entra no rolo, eu disse.

O dr. Seixas deu um passo à frente, ficando cara a cara comigo. Estava babando.

Você está me ameaçando?

Falei: Paga a parte do Abdala e a gente vai embora.

Ele virou-se e pegou o telefone: Ou vocês saem ou eu chamo a polícia.

Foi um *hook* perfeito, como nos velhos tempos. Acertei bem em cima do fígado do dr. Seixas.

Ele ficou pálido no ato. Abriu a boca e de sua garganta saiu um ruído engasgado. Não estava conseguindo respirar. Conheço a sensação, é horrível. É como sair do ar.

Bati de novo. No mesmo lugar.

O dr. Seixas se apoiou na mesa, curvado para a frente, e teve uma crise de tosse, quase vomitou.

Falei bem perto de sua orelha: Agora eu quero toda a grana. Afinal, eu também trabalhei.

Movendo-se com dificuldade, o dr. Seixas ficou de joelhos, abriu o cofre que existia ao lado de sua mesa e me entregou um envelope.

Conferi o conteúdo e disse: Quero mais.

O dr. Seixas pegou mais dinheiro no cofre e me passou. E olhou com tristeza para o revólver que estava guardado ali. Um 38 cano curto. Torci para que ele tentasse alcançar a arma.

Mas o dr. Seixas era um homem sensato: fechou o cofre e permaneceu ajoelhado, tossindo muito.

Antes de sair da sala, avisei: Se você chamar a polícia, eu vou adorar contar toda essa história, o.k.? Seu corno.

Ao passar pela recepção, falei para a secretária que o chefe havia pedido um copo de água. Ela se levantou da mesa sorrindo, agradeceu e me desejou uma boa tarde.

Quando entramos no carro, entreguei parte do dinheiro para Abdala. E perguntei: Onde você quer ficar?

Em casa, ele respondeu. Já ganhei o dia.

NA SERRA, FORA DELA

O velho e a menina estavam sentados na sala de espera quando cheguei. Minha secretária se levantou, mas o velho foi mais rápido.

Boa tarde, doutor, ele disse e me estendeu a mão grossa como lixa. Lembra de mim?

Fiz sinal para minha secretária, indicando que estava tudo bem, e ela voltou para sua mesa, não muito contente.

Fazia quase dez anos que eu não via o velho, época em que eu tinha mais cabelos e menos dinheiro e escrúpulos. Ele parecia não ter mudado, tanto que o reconheci na hora. Só estava um pouco encurvado. Seu rosto era um crochê de rugas, e seus cabelos, brancos e ralos. Não tinha o lóbulo da orelha direita, arrancado a dentadas durante uma briga, como ele me contou. Vestia roupas surradas, porém limpas. Calçava sandálias.

A menina ficou em pé ao seu lado. Era um palmo mais alta do que ele.

Abri a porta da minha sala para que entrassem. Eles se acomodaram no sofá da saleta de reuniões e eu pedi licença para verificar os recados sobre a minha mesa. Ofereci café, água, suco. Nenhum dos dois quis nada, embora eu tenha captado um rápido movimento nos lábios da menina, provocado pela palavra "suco". Ela usava um vestido escuro e seus cabelos aloirados estavam presos por uma tiara. Tinha um anel ordinário, com uma pedrinha verde, no dedo anular da mão esquerda. Sua pele contava uma história de vida ao sol. Não devia ter mais de doze anos.

Quando me juntei aos dois na saleta, o velho parecia pouco à vontade.

Escritório grande, ele disse.

É, isso aqui é bem espaçoso.

O velho observou ao redor por um instante. Depois curvou o corpo para a frente, apoiando os antebraços nos joelhos e deixando seu rosto mais perto do meu. O cheiro que senti era um misto de suor e vegetal, e não chegava a ser desagradável.

Trouxe a menina, ele falou.

Olhei para ela. Queixo encostado no peito, a menina mexia no botão do vestido. Tinha marcas roxas e arranhões nas canelas e nos joelhos.

Não estou entendendo. Trouxe a menina para quê?

O velho coçou o pescoço salpicado de pelos grisalhos. Estava embaraçado.

O senhor foi tão bom com a outra. A gente nunca esqueceu isso.

Naquela ocasião eu pude ajudar. Mas agora...

O velho me interrompeu.

Eu sempre respeitei o nosso acordo, não respeitei?

Tentei dizer que as coisas não eram tão simples, mas ele continuou falando.

Alguém procurou o senhor até hoje? Eu pedi alguma coisa?

Neguei.

Acordo, pra mim, é sagrado, o velho disse.

A menina permanecia imóvel, ocupada com o botão do vestido, sem olhar para nós, como se não estivesse ouvindo a conversa.

Ela não tem ninguém, o velho explicou. Quando a mãe dela morreu, eu pensei: O doutor pode ajudar do mesmo jeito que ajudou com a outra.

Com a outra foi diferente...

O velho segurou minhas mãos.

O senhor é um homem bom, doutor. Salvou a vida daquela criatura.

O contato com a pele das mãos do velho me incomodou, mas eu não tinha como livrar as minhas sem parecer rude.

Lá na serra, a gente nunca esqueceu o que o senhor fez, ele disse e, depois de uma pausa, acrescentou: Nossa única mágoa é que nesses anos todos ela nunca foi nos visitar. Parece que esqueceu da gente.

Sei disso, eu falei, e pensei: Que merda!

Sabe aquele meu compadre, o Zequinha? Ele esteve aqui no ano passado, pra fazer uns exames, e contou que viu ela.

Endireitei o corpo, alerta. E, com a máxima delicadeza, tirei minhas mãos das do velho. Tive receio de começar a suar nas palmas, como acontecia sempre que eu ficava tenso.

O Zequinha diz que viu ela na rua, dirigindo um carro bonito. Ela não reconheceu o Zequinha.

Aliviado, eu quase ri. A imaginação das pessoas é mesmo uma coisa fabulosa.

Nosso acordo não falava nada sobre visitas, eu disse.

Eu sei, doutor. Me desculpe estar falando nisso, mas...

O velho olhou através do vidro da janela ao nosso lado.

... é que a gente pensa sempre nela. Será que ela lembra de nós?

Eu disse que não sabia. Na verdade, deveria ter dito que não havia como saber.

O velho sorriu:

O importante é que ela está bem. E isso a gente sabe que ela está.

Olhei também pela janela: as marginais, em ambos os sentidos, estavam tomadas por um trânsito lento, com longas fileiras de carros, caminhões e ônibus. No meio, um rio marrom, um intestino a céu aberto.

Isso eu posso garantir, eu disse.

Uma vez, um sujeito me procurou dizendo que tinha psicografado uma carta de meu pai. Eu me lembro que fiquei muito impressionado com o manuscrito que ele me mostrou. Continha conselhos genéricos, preces e recomendações sobre a prudência, além da informação de que meu pai estava em paz num outro plano. Bem diferente do que imaginamos para um homem que dá um tiro na cabeça, como meu pai fez, no dia em que descobriu ser portador de uma doença incurável. Meu irmão examinou o manuscrito e disse que a letra era parecida com a de meu pai. Mas isso eu achei bobagem.

Nesse momento, a menina me deu uma rápida olhada e logo baixou a cabeça outra vez. Pude perceber que seus olhos eram escuros, bonitos, e levemente estrábicos. Talvez ela evitasse olhar para o rosto dos outros por vergonha do estrabismo.

Quanto anos ela tem?

Vai fazer dezesseis no fim do ano. E sabe ler e escrever, o velho informou.

Eu havia conhecido o velho quando passei férias na fazenda de um amigo, na serra, uma das regiões mais miseráveis do país. Meu amigo tinha mão de obra praticamente escrava à sua disposição — e se aproveitava disso, diga-se. Enquanto estive na fazenda, todas as noites o velho se aproximava da varanda da casa em que eu me hospedava para conversar. Foi numa dessas conversas que ele falou sobre o acidente com sua orelha. E também sobre a menina, a primeira.

Eu me levantei e disse que ia ver o que podia fazer, embora estivesse indeciso naquele momento. Quando fui até minha mesa, o velho veio atrás. A menina também se levantou, mas permaneceu junto ao vidro da janela, espiando a tarde enfumaçada.

Vai ser tudo como da outra vez, o velho disse. Mas eu gostaria de pedir um favor.

Eu me sentei e estudei o rosto dele. A pele de sua orelha mutilada se tornara escura e brilhante. Li em algum lugar que a dor de uma mordida é uma das mais lancinantes que alguém pode sentir. Sempre que falava do episódio, o velho fazia questão de lembrar que saíra vencedor daquela briga. Eu imaginava o estado em que teria ficado seu oponente.

Será que o senhor não daria uma ajuda pra gente?

O velho baixou a voz, como se não quisesse que a menina ouvisse essa parte da conversa. Ela continuava entretida com a paisagem.

Isso pode ficar esquisito, eu disse. Vai parecer que eu estou comprando a menina.

O que é isso, doutor? Ninguém lá na serra vai pensar isso do senhor. Nunca.

E de quanto é essa ajuda?

O velho abriu a mão cascuda e me exibiu cinco dedos tortos. Eu disse que iria providenciar a quantia e peguei o telefone para falar com minha secretária. O velho tocou no meu braço.

Em dinheiro, por favor.

Depois de dar instruções para minha secretária, voltei para junto da janela. O velho e a menina conversavam em voz baixa. Tive a impressão de que ele dava orientações a ela.

Como é o seu nome?, perguntei.

Elisa, a menina respondeu, sem erguer a cabeça.

Ah, eu ia esquecendo de uma coisa, o velho falou. Ela só dorme com a luz acesa. Foi criada desse jeito e não há meio de acostumar com o escuro.

Não tem problema, eu ri.

O velho afagou os cabelos da menina, satisfeito.

Só não vá esquecer da gente, hein? Vê se aparece lá na serra de vez em quando.

A menina estava girando o anel no dedo e não disse nada.

Ela trouxe mala?

Minha pergunta fez um sorriso movimentar as rugas no rosto do velho.

Pra que mala, doutor? Ela só tem a roupa do corpo.

A menina parecia triste. Resolvi dar uma última chance a ela:

Você quer mesmo ficar aqui, Elisa?

Ela olhou para o velho e depois para mim. Estrábica.

Ele falou que era pra dizer que eu quero ficar.

Mas você quer ficar?

O velho respondeu por ela:

Claro que quer. Ela só está um pouco assustada: isso aqui é bem diferente da serra.

Em seguida, ele afagou outra vez os cabelos dela. E acrescentou:

Vai dar tudo certo.

Pelo vidro, vi que um dos lados da marginal tinha parado por completo. Deve ser horrível, pensei, envelhecer e continuar acreditando que, no fim, as coisas podem acabar, de alguma maneira, dando certo.

FERRUGEM

Foi no intervalo de um desses filmes de explosões e tiros que a TV exibe depois da novela. Olegário curvou-se na poltrona e coçou a canela sem pelos, antes de perguntar:

Sabe com quem eu sonhei hoje, Leonor?

Ela colocou um marcador entre as páginas do livro que estava lendo, trocou os óculos e olhou para Olegário. Um modelo neutro de homem: barba bem aparada, bigode fino, cabelo rareando, um rosto que era uma celebração às rugas.

Com a Adalgisa, ele disse. Acho que você nem lembra dela.

Leonor pensou na mulher que, quase quarenta anos antes, havia morado no sobrado em frente.

Claro que eu lembro da Adalgisa. Ainda não estou caduca, ora.

Morena, alta, andava sempre bem-arrumada. Era cobiçada.

Dormi com ela uma vez.

Leonor procurou os olhos de Olegário, mas eles estavam de volta à televisão. Alvejado por um helicóptero, o herói corria por um campo aberto em busca de abrigo. Olegário estava em dúvida se já tinha visto aquele filme — eram todos tão parecidos.

Você está inventando isso, Leonor disse.

O herói chegava a uma construção em ruínas e se jogava para dentro, um segundo antes de uma rajada atingir a parede. Olegário voltou-se para Leonor: os cabelos dela tinham uma tonalidade cinza-azulada e as mãos, que seguravam o livro fechado sobre o colo, estavam salpicadas de manchas marrons.

Ela me chamou um dia para consertar o chuveiro, depois me ofereceu café. Foi assim que a coisa aconteceu.

Leonor ficou em silêncio, imaginando a cena. Olegário recostou-se de novo na poltrona.

Sempre achei que você sabia disso, ele falou. Ela era sua amiga.

Ela não era amiga de ninguém.

Embora fosse casada com um mecânico, Adalgisa andava de nariz empinado, Leonor se lembrava. Raramente cumprimentava as pessoas do bairro.

A gente se agarrou no banheiro mesmo, disse Olegário, balançando a cabeça.

E pensou: Se for o filme que eu já vi, o sujeito agora vai encontrar uma arma e acertar o helicóptero.

Aconteceu só uma vez, ele disse. Depois desse dia, ela nunca mais olhou na minha cara.

Na TV, o herói pegou o lança-foguetes que ocultara entre os escombros e derrubou o helicóptero. Olegário se desinteressou.

Era um mulherão, disse.

Você andou apaixonado por ela?, Leonor perguntou.

Acho que não. Eu só queria saber por que ela não falou mais comigo.

O herói agora era auxiliado por uma moça bonita, de cabelos curtos, vestida com uma camiseta rasgada. Abrigados nas ruínas, os dois atiravam contra um bando de homens de uniforme escuro. Olegário deixara de prestar atenção.

A Adalgisa era uma biscate, isso sim, Leonor disse.

Num flash, Olegário reviu, de forma imprecisa, um par de seios grandes, um corpo branco encostado na parede de azulejos encardidos. Do rosto da mulher, porém, por mais que se esforçasse, ele não conseguia se lembrar.

Leonor tossiu. Uma tosse seca, insatisfatória, que Olegário odiava. O herói e a moça lutavam corpo a corpo com os remanescentes do bando. Usando facas.

Eu sei até quando isso aconteceu, Leonor disse. Você andava esquisito, pensei que estivesse doente.

Doente...

Olegário não conteve o riso. Sua mão direita, que estava sobre a coxa, tremeu, involuntária. Ele colocou a mão esquerda sobre ela, detendo o tremor.

Não foi na época em que você saía toda noite pra encontrar seus amigos na padaria?

O herói e a moça caminhavam por um cenário fumegante, cheio de cadáveres. O helicóptero que iria levá-los dali esperava ao fundo, com as hélices em movimento. Era um bom filme, na opinião de Olegário. Movimentado, como ele gostava.

Foi, ele concordou. Sabe o que o pessoal dizia? Que a Adalgisa tinha um caso com o Maneco...

Com quem? Com o professor? Duvido.

Maneco também morava perto. Ganhava a vida lecionando piano. Era um homem sedutor, tinha as mãos bonitas e uma conversa envolvente. Leonor tivera uma queda por ele. Mas faltou coragem.

O Maneco só se interessava por mocinhas, ela disse.

Na TV, o filme chegava ao fim e o herói aparecia de óculos escuros, dirigindo um carro esportivo, em companhia da moça de cabelo curto, prontos para uma nova missão. Mas, de repente, surgia um último inimigo, que todos pensavam estar morto, e o tiroteio recomeçava. Olegário bocejou. Ele sabia como aquilo terminava.

Eu vou pra cama daqui a pouco, ele disse. Você me prepara o chá?

Leonor pôs o livro no sofá, levantou-se e encarou Olegário.

Quer dizer que você dormiu com a Adalgisa?, disse. Acho que você está ficando esclerosado.

Olegário percebeu que o tremor na mão não havia cessado. O jeito foi colocá-la sob a coxa.

Não quer acreditar, não acredite. Mas se você quiser, eu conto como ela era sem roupa.

Leonor riu: Sei, sei, sei...

E foi para a cozinha, arrastando os chinelos, hábito que Olegário achava irritante.

Enquanto esperava a água ferver, Leonor pensou em Maneco. Não fazia muito tempo ela o reencontrara no centro da cidade. Ele não a reconhecera. Estava careca, enrugado, com uma barriga enorme. Uma ruína. Até mesmo suas mãos tinham ficado feias.

Com o chá pronto, Leonor pegou as caixas de remédio que estavam em cima da geladeira e selecionou os comprimidos que Olegário tomava à noite. Quando voltou à sala, descobriu que ele havia adormecido com a boca aberta e a cabeça inclinada.

Ela deixou o chá e os comprimidos sobre a mesa de centro e desligou a televisão. Então entrou no quarto e ajeitou o travesseiro e puxou os cobertores. Para verificar se o plástico estava bem ajustado sobre o lençol. Desde que sofrera um derrame, Olegário urinava na cama com frequência. E se recusava a colocar a fralda geriátrica antes de se deitar. O que ela pensava, que ele era um bebê?, Olegário repetia.

Leonor foi para o quarto, trocou a roupa que estava usando por uma camisola e, antes de se deitar, ajoelhou-se ao lado da cama e rezou, como fazia todas as noites.

Em suas orações, ela pediu pela saúde de Olegário e, sobretudo, para não morrer antes dele. Tinha prometido à mãe que cuidaria do irmão. E sabia que, se ele ficasse sozinho, acabaria sendo mandado para um asilo.

FÁBULA

Ele entrou no quarto. Fechou a porta.

O pai falou: Vê se pode: procurado pela polícia e vem se esconder em casa.

Ele não tá se escondendo. Veio só pegar roupa limpa, disse a mãe.

O caçula perguntou: Ele matou mesmo o policial?

Cala a boca, moleque, o pai falou. E depois levantou a voz, para ser ouvido também no quarto: Daqui a pouco a polícia aparece. Algum vizinho já deve ter ligado.

A mãe olhou para a porta do quarto. O caçula notou que o rosto do pai estava vermelho. Parecia que uma veia ia estourar a qualquer momento. Era sempre assim quando ele ficava nervoso. No dia em que o pai bateu o fusca, isso tinha acontecido, o caçula se lembrava. E também quando apareceu um fiscal querendo dinheiro e ameaçando multá-lo por ter construído dois cômodos no quintal sem autorização da prefeitura.

Quer saber de uma coisa? Eu não vou estar aqui quando a polícia chegar, o pai disse, e se dirigiu para a porta.

A mãe acompanhou aquele movimento e depois baixou a cabeça. O caçula estava pensando na foto do policial que o jornal havia publicado — um sujeito de cavanhaque —, que ele tinha recortado e guardado.

O pai abriu a porta. E falou: Outra coisa: não aceite dinheiro dele.

A caminho da cozinha, a mãe pediu ao caçula: Diz para o seu irmão que eu vou esquentar a comida.

O caçula entrou no quarto.

Ele estava sentado na cama. Calça jeans, sem camisa, descalço. O caçula reparou no revólver sobre a cama. E na marca avermelhada no ombro direito do irmão. O jornal dissera que ele tinha sido baleado.

O que aconteceu com os meus quadros?, ele apontou para a parede.

O caçula olhou para o local em que dois retângulos conservavam a tonalidade original da pintura do quarto: O pai botou fogo.

Ele pensou nas fotos que mandara emoldurar quando tinha mais ou menos a idade do caçula. Carros de corrida, uma de suas paixões.

E cadê a Nádia?

Ela arrumou namorado. Acho que saiu pra se encontrar com ele.

Finalmente ela desencalhou?, ele sorriu. Eu conheço o cara?

Não sei. O pai conhece. Eles trabalharam juntos lá na fábrica.

Ele pareceu ouvir algo na rua e se levantou, alerta. Vestiu a mesma camisa que estivera usando, calçou os sapatos e perguntou: Como chama o cara?

João Marini.

Mariani, ele corrigiu.

Isso.

O caçula viu que ele colocava o revólver na cintura e cobria com a camisa. Ele abriu a porta do quarto e deixou que o caçula passasse primeiro. Antes de sair, olhou para a cama, coberta por uma colcha com flores em relevo.

A mãe veio até a sala e falou: Espera mais um pouquinho. Botei a comida pra esquentar.

Não dá tempo, mãe, ele disse, e olhou pela janela que abria para a rua.

Um carro manobrou em frente à casa.

Já tô indo, ele disse, e abraçou a mãe.

A mãe falou: Tenha cuidado, meu filho. E recusou o maço de notas que ele tentou colocar em sua mão.

Ele pôs o dinheiro em cima da mesa: Quando der, eu apareço.

A mãe ficou parada no meio da sala, amassando o avental com ambas as mãos. O caçula foi para a janela. A tempo de vê-lo olhar para os dois lados da rua antes de entrar no carro. A tempo de ver, ao volante, uma moça. Nova ainda. Quase uma menina.

O pai estava encostado no balcão da padaria, junto ao caixa, conversando com o dono, um homem gordo de cabelos grisalhos. Havia três fregueses bebendo cerveja e, na ponta do balcão, um casal namorando. O pai parou de falar quando viu quem havia descido do carro que acabara de estacionar.

A moça permaneceu na porta da padaria, vigiando a rua. Ele entrou e foi direto para o caixa. Comprou cigarros, chicletes e uma barra de chocolate. E só se voltou no momento em que o pai perguntou se ele precisava de alguma coisa.

Não, não preciso de nada, obrigado, ele falou.

Ele entregou o chocolate para a moça e o pai prestou atenção nela. Era uma noite quente, mas ela estava usando uma blusa de lã folgada, com mangas tão compridas que quase cobriam os dedos. O pai achou bonito o jeito como ela sorriu ao receber o chocolate.

Ele e o pai se olharam mais uma vez. Depois, ele e a moça saíram, em silêncio. Entraram no carro e foram embora.

O pai voltou a se apoiar no balcão e viu que o dono da padaria se afastara para servir uma nova rodada de cerveja aos três fregueses. Por um instante, o pai desejou estar em outro lugar naquele momento. Desejou ser outra pessoa.

Essa sensação se repetiria, meses depois, quando teve de ir ao IML para fazer o reconhecimento do corpo, que tinha nove perfurações de bala, três delas na cabeça. O filho estava com a barba e os cabelos compridos. E magro como o pai nunca vira. Uma outra gaveta abrigava o corpo da moça. Mais quatro tiros.

O caçula recortou as fotos dos dois do jornal e guardou numa caixa de sapatos, junto com o retrato do policial de cavanhaque. Quase todas as noites, antes de dormir, ele examinava demoradamente o rosto dos três. E criava várias histórias para aqueles personagens. Todas com um final bem diferente.

Dez maneiras infalíveis de arranjar um leitor (para facilitar o trabalho da crítica)

Paulo Roberto Pires

1. Marçal Aquino se formou no jornalismo e fez carreira no cinema. No vértice dos dois está uma literatura que, sem se confundir com um e outro, metaboliza o melhor dos dois mundos. Da vivência como repórter vem o gosto pela observação de gente, esse projeto falido, e também a concisão, a preferência por frases descarnadas, meticulosamente encadeadas em cenas rápidas pelo timing do roteirista profissional. Autor de poemas, narrativas juvenis e romances, é no conto que Marçal encontra, a meu ver, sua expressão ficcional mais bem-acabada. *As fomes de setembro* (1991), *Miss Danúbio* (1994) e *O amor e outros objetos pontiagudos* (2000), todas reuniões de narrativas curtas, lhe renderam prêmios e reconhecimento da crítica. Das histórias de *Faroestes* (2001) saíram três curtas-metragens, uma peça de teatro e leitores fiéis que só agora, em 2022, poderão recomendar o livro sem susto, sem o risco de ter que emprestar aquela raridade, primei-

ra e única edição, de tiragem baixa, lançada pela Ciência do Acidente no final de 2001.

2. Tendo estreado profissionalmente como escritor no início da década de 1990, Marçal Aquino frequentava um circuito boêmio e intelectual paulistano que seria identificado, na virada do século, com uma "nova geração" da literatura brasileira. Duas publicações deram expressão editorial ao grupo: a antologia *Geração 90 — Manuscritos de computador*, editada por Nelson de Oliveira em 2001; e, dois anos depois, a *PS:SP*, revista luxuosa e de número único, também organizada por Oliveira, dessa vez em parceria com Marcelino Freire. Tanto uma como a outra descartavam o critério estritamente geracional — os autores escolhidos haviam nascido entre as décadas de 1950 e 1970 — e esquivavam-se de qualquer esboço de uma proposta estética comum. A marca distintiva dos nomes ali reunidos, que em sua maioria viviam e trabalhavam em São Paulo, seria o ambíguo conceito de "diversidade". Já premiado pelo Jabuti com *O amor e outros objetos pontiagudos* e reconhecido pela parceria com o diretor Beto Brant — assinando argumento e roteiro de *Os matadores* (1997), *Ação entre amigos* (1998) e *O invasor* (2001) —, Marçal constava nos sumários do livro e da revista, que se mostrariam eficazes em seu principal objetivo: demarcar território e abrir novas frentes na imprensa e no mercado editorial.

3. *Faroestes* é, de diversas maneiras, resultado desse momento. Os contos estavam encaminhados quando Marçal se deparou com a edição, bem cuidada e de capa im-

pactante, de *Treze*. Na noite de autógrafos do livro de Nelson de Oliveira, em 1999, decidiu que queria ser editado pela Ciência do Acidente, editora criada no ano anterior por Joca Reiners Terron. Entediado com um trabalho de diretor de arte que lhe tomava muitas horas, o escritor inventou o selo com o objetivo primeiro de se publicar. A *Eletroencefalodrama*, seu livro de poemas que deu início ao catálogo, seguiram-se 34 outros títulos, numa mistura de estreantes com veneráveis malucos como Valêncio Xavier, Manuel Carlos Karam e Glauco Mattoso. Marçal combinou — e cumpriu — que com as vendas do lançamento a editora conseguiria pagar a gráfica. *Faroestes* teve até uma improvável turnê de divulgação – em conjunto com *Não há nada lá*, do próprio Joca — e chegou a ser adotado num vestibular em Minas Gerais, mas a editora não conseguiu imprimi-lo em tempo hábil. Em 2004, a Ciência do Acidente, nome que sintetiza a incerta atividade de viver de livros e literatura, encerrou gloriosamente suas atividades.

4. Boa parte dos dois primeiros livros de contos de Marçal foi reunida no volume *Famílias terrivelmente felizes*, publicado em 2004 pela Cosac Naify. Alguns foram excluídos; outros, inéditos ou dispersos, acrescentados. A antologia não contemplava nenhuma das histórias de *Faroestes*, já àquela altura esgotado, talvez porque o livro tivesse uma admirável unidade, que vai além da ambientação nas periferias de uma grande cidade, que aqui e ali se revela São Paulo. Tendo concluído *Cabeça a prêmio*, romance inédito que lançou simultaneamente a *Famílias terrivelmente felizes*, e acompanhado as filmagens de *O in-*

vasor nas quebradas paulistanas — "dois mergulhos verticais em universos de extrema violência", lembra ele —, Marçal se dedicou ao que definiu como "prosa de confronto". As narrativas de gente que resolve a vida batendo de frente têm seu lado mais chamativo na violência urbana, mas as relações crispadas perpassam as interações humanas em diversos outros níveis. Há vinte anos, quando resenhei o livro para a revista *Época*, contei dezoito cadáveres em 112 páginas. "Nem é muito para o grau de brutalidade que atravessa os onze contos", anotei.

5. Os humilhados e ofendidos já tinham, então, longa presença na literatura brasileira — sobretudo como personagens. Para lembrar universos próximos a *Faroestes*, nos anos 1960 eles habitavam em convulsão o primeiro Rubem Fonseca, de *Os prisioneiros* e *A coleira do cão*, e tinham o protagonismo na sarjeta de *Malagueta, Perus e Bacanaço*, o clássico de João Antônio. Na década de 1990, assumiram a primeira pessoa em *Cidade de Deus* (1997), de Paulo Lins, e *Capão pecado* (2000), de Ferréz. Pode-se falar da influência de Rubem Fonseca, mas influência sem a tal da angústia que, segundo Harold Bloom, muitas vezes vem junto com ela. Na "prosa de confronto" não há brecha para conjurações metafísicas ou referências da alta cultura, assim como nela não se ouve o dialeto das periferias. "Marçal Aquino fala a nossa linguagem, não a de um grupo socialmente fechado e linguisticamente marcado", escreveu Cristovão Tezza, marcando a diferença de *Faroestes* com a prosa de João Antônio, "mas a de uma vasta comunidade, de alto a baixo, que assiste televisão, novelas e cinema,

frequenta botecos, lê jornal e vive nessa zona franca, violenta, fragmentária e multifacetada que faz da cidade o espaço contemporâneo por excelência".

6. A São Paulo de *Faroestes* está estilhaçada por todos os contos. Vagando por ruas em que "as pessoas, mesmo quando estão alegres, evitam sorrir, para que ninguém desconfie", os personagens vivem em bairros lembrados "por coisas e gentes que ficavam mais à vontade na página policial do jornal". "Naquele lugar", diz um narrador, "não há muito o que fazer, estar à toa acaba sendo uma boa opção." Amigos, conhecidos e vizinhos se encontram para tomar cerveja, papear, jogar sinuca e, não raramente, matar ou morrer nas tendinhas perto de casa. Uma delas é conhecida como "o boteco onde aconteceu a chacina na sexta-feira"; noutra, "tinha mais armas do que na vitrine de lojas de caça do centro"; uma terceira ficará célebre como "o bar em que ocorrerá a quadragésima chacina do ano na cidade". Numa rara imagem literal da paisagem urbana, um dos poucos personagens que escapam à miséria contempla, com uma ponta de asco, a paisagem de sua janela: "as marginais, em ambos os sentidos, estavam tomadas por um trânsito lento, com longas fileiras de carros, caminhões e ônibus. No meio, um rio marrom, um intestino a céu aberto".

7. Nada acaba bem para essa "gente áspera", que não tem sossego nem nas "casas doentes" em que vivem, onde se impõem "os revólveres sobre a mesa de centro". O inspetor de polícia matusquela, movido à vingança, e o de-

primido vendedor de uma loja de calçados sabem, sempre souberam, que "o repertório de um dia ruim é vasto e inesperado", sendo indiferente se perdem uma comissão ou um alvo. O homem de bem, provinciano e nostálgico da ditadura, desperta no máximo a condescendência de um outro, que se diz poeta e se acha melhor do que ele: "Era um bom sujeito. E, como todo bom sujeito, alienado". Se tivessem filosofia de vida, ou mesmo uma vida em que valesse a pena pensar, essas criaturas comungariam a visão de mundo do homem bem-posto, que deplora o otimismo em termos inegociáveis: "Deve ser horrível, pensei, envelhecer e continuar acreditando que, no fim, as coisas podem acabar, de alguma maneira, dando certo".

8. Confronto é o enfrentamento em si, mas também o átimo que antecede a ele, a ameaça, a provocação. A prosa de *Faroestes* se funda nesse instante decisivo, quando algum dos envolvidos, e nem sempre o que vai perder, percebe ser tarde demais para corrigir o rumo das coisas. É o minuto em que o sujeito entende, na cama, que o marido de sua nova amante, o otário que passa as noites fora, é o policial militar que acaba de se mudar para a vizinhança. Ou quando o deslizar de um interruptor lança o boteco no breu, resolvendo com fuzilaria aleatória uma difícil negociação. Também é crucial o momento em que o pai enlutado e deprimido se recusa a executar o assassino da filha. Cada confronto, uma sentença. E vice-versa.

9. Nesses momentos tensos, da corda esticada, não há espaço para psicologismos ou tempo para digressões. Nar-

rar o confronto é usar com maestria a elipse, recurso do qual Marçal usa e abusa no jogo que propõe com as convenções do realismo — ao qual jamais adere completamente. "A realidade está muito próxima do meu texto, é um caminho que escolhi e até uma limitação minha", dizia ele em 2003 numa conversa promovida pela *Folha de S.Paulo* com Milton Hatoum, Bernardo Carvalho e Luiz Ruffato, todos convidados da primeira Festa Literária Internacional de Paraty. "Mas até pela prática do jornalismo percebi que querer transportar a realidade de forma direta sem o filtro da ficção soa artificial."

10. "Dez maneiras infalíveis de arranjar um inimigo (para facilitar o trabalho do legista)" é o momento de síntese de *Faroestes* e, por isso, dá forma a este posfácio. Diferentemente das analogias possíveis entre necropsia e crítica, arranjar inimigo e leitor são finalidades a princípio díspares. Leitores e inimigos só valem a pena, no entanto, quando são cultivados — e acabam tendo em comum a dedicação que dispensam a quem leem ou querem exterminar. É bom lembrar que a literatura de Marçal Aquino é puro confronto. E, na hora agá, mais importa a tensão do que a intenção.

Paulo Roberto Pires (1967) é jornalista e editor, doutor em Literatura Comparada pela UFRJ e professor da Escola de Comunicação da mesma universidade. Organizou *Torquatália* (Rocco), que reúne a obra de Torquato Neto, e a antologia *12 ensaios sobre o ensaio* (Instituto Moreira Salles). É autor de *A marca do Z: A vida e os tempos do editor Jorge Zahar* (Zahar) e do romance *Se um de nós dois morrer* (Alfaguara). Edita a *serrote*, revista de ensaios do IMS, e é colunista da *Quatro Cinco Um*.

ESTA OBRA FOI COMPOSTA EM MERIDIEN PELO ESTÚDIO O.L.M./ FLAVIO PERALTA
E IMPRESSA EM OFSETE PELA GRÁFICA PAYM SOBRE PAPEL PÓLEN BOLD
DA SUZANO S.A. PARA A EDITORA SCHWARCZ EM MAIO DE 2022

A marca FSC® é a garantia de que a madeira utilizada na fabricação do papel deste livro provém de florestas que foram gerenciadas de maneira ambientalmente correta, socialmente justa e economicamente viável, além de outras fontes de origem controlada.